낯설고 정겨운 그림자놀이

여섯 작가의 단편소설 창작교실

낯설고 정겨운 그림자놀이

2018년 8월 27일 1판 1쇄 인쇄 / 2018년 9월 3일 1판 1쇄 발행

지은이 고은규 김설원 박덕규 정수리 조영아 해이수 / 펴낸이 임은주
펴낸곳 도서출판 청동거울 / 출판등록 1998년 5월 14일 제406-2002-000128호
주소 (10881) 경기도 파주시 문발로 115 (파주출판도시) 세종출판벤처타운 201호
전화 031) 955-1816(관리부) 031) 955-1817(편집부) / 팩스 031) 955-1819
전자우편 cheong1998@hanmail.net / 네이버블로그 청동거울출판사

ISBN 978-89-5749-206-2 (03810)

이 도서의 국립중앙도서관 출판시도서목록(CIP)은 서지정보유통지원시스템 홈페이지
(http://seoji.nl.go.kr)와 국가자료공동목록시스템(http://www.nl.go.kr/kolisnet)에서
이용하실 수 있습니다. (CIP제어번호: CIP2018026732)

여섯 작가의 단편소설 창작교실

낯설고 정겨운 그림자놀이

고은규

김설원

박덕규

정수리

조영아

해이수

청동거울

이 책을 내는 까닭

내 삶을 소설로!

이 책은 소설도 쓰고 강의도 하는 여섯 작가들이 강의실에서 소설도 읽히고 소설창작방법도 가르치려는 용도로 기획된 것이다.

문학에 관한 어떤 강의건 교재를 선택하는 일은 쉽지 않다. 특히 소설창작 강의가 그렇다. 소설은 단편소설이라 해도 읽는 데 적어도 30분 이상의 지속적인 시간이 필요하고, 그로부터 그것이 지니는 주제는 말할 것도 없고 창작의 원리와 방법을 이해하면서 자신의 창작방법으로 끌어올 어떤 것을 생각하는 과정에도 만만찮은 시간이 소요된다.

가령 20세기 한국 단편소설 중 대단한 명편으로 꼽는 「무진기행」으로부터 창작방법을 배운다고 할 때 강의 전에 작품을 미리 읽어온다 하더라도 그것을 확인하며 공통된 이해를 도출하는 시간이 일차적으로 필요한 데다 거기서부터 플롯, 배경, 캐릭터, 모티프, 문체 등이 주는 창작적 교훈을 합의하는 시간은 더 오래 걸린다. 게다가 더 문제가 되는 것은 수강생들이 이미 「무진기행」이라는 명작에 대해 알고 있는 정보들 때문에 도리어 그것이 지니는 창작방법으로서의 중요한 가치를 당연시하고 있어 강의를 통한 각성 효과가 크지 않을 가능성마저 있다는 점이다.

—이 작품은 명작이니까 당연히 훌륭한 창작방법이 동원되었겠지. 이걸 내 작품에 어떻게 적용할 수 있으리!

수강생들의 생각은 대체로 이런 단계에 머물러 있다. 즉, 수강생들은 자신이 이미 어렴풋이라도 알고 있는 것에 대해서는 다른 이들의 설명을 새롭게 듣지 못하는 경향을 보인다. 창작강의는 결국 각성케 해서 더 잘 쓸 수 있게 하는 힘을 기르는 것인데, 그 '각성케 함'의 과정에서 제공되는 작품이 아주 모범적인 소설이라 할지라도 도리어 그 때문에 덜 각성케 되는 결과를 만날 때가 많은 것이다.

알려진 작품을 읽게 해서 그로부터 창작방법론을 깨치게 하는 방법 외에 가장 흔하게 시도되는 창작강의는 수강생들의 습작품을 품평하면서 첨삭하는 일이다. 이 일은 사실 수강생이 소수일 때 효과가 크다. 그러나 수강생 수가 수십 명에 이를 때 이 방법이 얻는 효과는 크다고 보기 어렵다. 무엇보다 수강생들의 습작품 수준이 고르지 않을 뿐더러 그것들의 첨삭 과정 또한 '케이스 바이 케이스'이다. 한 수강생의 작품을 집중해서 봐주고 있는 시간을 다른 수강생들은 크게 의미 있게 받아들이지 못한다.

—이 작품은 내 작품과는 다른 예니까 나랑은 큰 상관이 없네.

개별 작품 발표에 대한 토론과 첨삭 과정에 대한 수강생들의 생각이 이러하니 그만큼 '각성 효과'도 하락하고 만다.

이 책의 기획은 이런 사정으로 발의되었다. 이 책의 단편소설들은 모두 현역작가로서 나름대로 영향력 있는 문학 지면에 발표한 결과물이다. 어떤 작품은 이미 개인 작품집에 실렸고 일부는 평단에서 상당한 인정을 받기도 했다. 그러니까 이들은 아직 '명작'은 되지 못했으되 나름의 공적 평가는 받은, 수강생들로서는 다른 선입견을 가질 단계에 이르지 못했지만 이제 작가의 육성을 들으며 새로이 의미를 구축해볼 만한 대상인 그런 작품이다. 어쩌면 생각했던 것보다 더 의미 있는 명작일 수도 있고, 또한 어쩌면 '소설 가르치는 소설가'의 작품임에도 '완전한 소설'에 이르지는 못한 범작일 수도 있다. 그래도 '소설 가르치는 소설가'가 쓴 소설이자 그것에 대한 자신의 창작방법을 덧붙였으니 수강생들에게는 조금 특별할 수도 있을 것이다. 그런 면에서 이 책이 줄 '각성 효과'는 제법 클 것으로 기대된다.

이 여섯 작가들은 서로 조금씩 시기는 다르지만 소설창작에 대해 함께 고민하고 창작한 시간을 공유한 경험들을 겹쳐 한 사이다. 또한 이 책을 위해 각자의 작품을 읽고 창작 배경을 들으면서 이 작품들로부터 창작방법을 가르칠 방도를 궁구하는 시간도 가졌다. 우선은 자본주의 세태의 모순 아래 소외된 계층의 의식을 담아냈다는 공통점을 확인했다. 그런 세속적 세계에 대한 인식을 각각 리얼리즘 형식을 바탕으로 풍자성이나 환상성을 강화하거나 여행, 추리, 우화 등의 기법을 가미하면서 특별한 가독성을 확보하고 있다는 차이도 흥미롭게 느꼈다.

그냥 편하게는 이 책이 동시대를 살아가는 수강생들에게 '삶의 소설화'를 위한, 나름대로 유익한 길잡이가 되었으면 싶다. 이 여섯 편의 소설처럼 쓰라고 가르치려는 의미이기보다 이 여섯 편이 각자의 삶에서 출발해 이런 소설에 이르렀음을 보여주려는 의미로 받아들여 주었으면 좋겠다. 이들 작가들 못지않은 세속 체험을 하고 있는 수강생들도 이들의 길을 염두에 두고 창작의 길을 가다보면 적어도 이 정도의 작품을 써내는 작가가 될 것이 아니겠는가. 물론 다들 내심으로는 이렇게 생각하는 것이 좋겠다.

—이런 정도는 아무것도 아니야. 나는 적어도 이보다는 더 뛰어난 소설을 쓸 수 있어!

2018년 8월

여섯 작가들 씀

차례

차고 어두운 상자

고은규

슬기로운 '혼족' 생활

서울 종로 출생. 2007년 문학수첩 신인상 수상. 2010년 제2회 중앙장편 문학상 수상. 장편소설 『트렁커』 『데스케어 주식회사』 『알바 패밀리』, 소설집 『오빠 알레르기』 등이 있다.

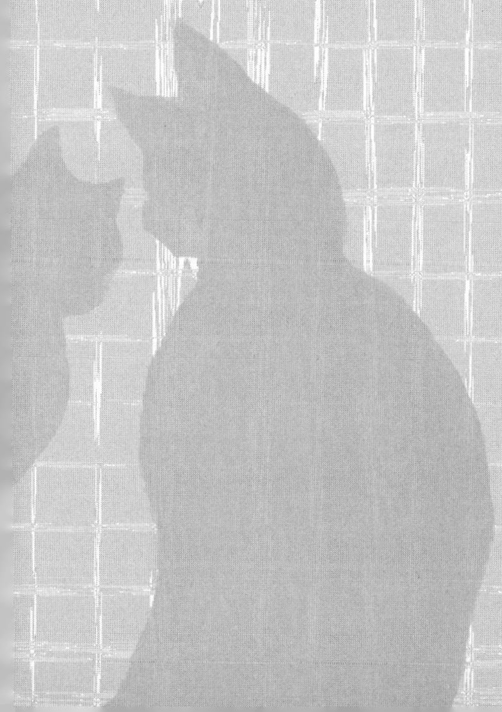

차고 어두운 상자

나는 어젯밤에 납치되었다. 어쩌면 어젯밤이 아니라 그저께 밤인지도 모른다. 그것도 아니라면 그 이전의 밤이겠지. 어느 날 밤인지가 중요한 것은 아니다. 내가 어떤 꼴로 감금되어 있는지 언제쯤 이 암흑에서 벗어날 수 있는지 그것이 중요한 일이다. 아무래도 나는 차고 어두운 상자에 담겨 있는 것 같다. 상자 안으로 빛 한 점 흘러들어오지 않았다. 눈을 크게 뜰수록 어둠이 차오른다. 어둠은 살아있고 줄곧 나를 핥고 있다. 어둠이 사악하게 느껴진 건 처음이다.

상자를 가늠하다가 다리를 움직여 본다. 신발이 벗겨져 있다. 그 깊은 밤 꽃무늬 페인팅이 화려한 발목 운동화를 신고 나왔다. 재작년 생일, 습이 사준 운동화였다. 새 운동화를 받아 신고 행인들이 보든 말든 나는 폴짝폴짝 뛰어다녔다. 한참을 뛰어가다가 뒤를 돌아보니 그는 얼굴 가득 웃음을 머금고 나를 향해 걸어오고 있었다. 우리는 서로를 보며 얼마나 즐거워했던가.

습을 생각하자 허리가 시리게 아파온다. 누군가 허리 근육에 면도날로 촘촘하게 가로줄을 긋고 있는 것 같다. 손목을 움직여 본다. 결박까지 해놓은 모양이다.

"나 좀 봐요. 뭐든 다 줄 테니 나 좀 꺼내줘요!"

여러 번 소리쳤지만 아무도 들은 체 하지 않는다. 그들은 알고 있을 것이다. 나는 가진 게 없다. 지갑도, 휴대폰도 없다. 맥주를 사려고 집을 나섰으니 잘 찾아보면 만 원짜리 두 장 정도는 있을 것이다.

"거기 내 말 들려요?"

입 밖으로 나갔던 소리가 맥없이 흩어진다. 아무도 내 비명을 못 듣는 것인가. 덜컥 겁이 난다. 납치범한테 성대를 빼앗긴 건 아닐까. 그들이 내 성대를 뜯어서 팔아버린 것은 아니겠지. 이번에는 목울대로 면도날 여러 개가 날아오는 것 같다.

어젯밤, 어쩌면 그저께 밤, 아니면 그 이전의 깊은 밤, 나는 회색 트레이닝 복에 점퍼를 걸쳐 입고 외출 준비를 했다. 술이 필요한 밤이었다. 거울 앞에서 헝클어진 머리카락을 매만졌다. 거울 속 회색빛 여자는 벌건 눈을 치켜뜨고 머리카락을 만지고 있었다. 흠칫 놀라 몸을 돌렸다. 그러고는 엄지손톱을 물어뜯었다. 없던 버릇이 생겼다. 잘근잘근 손톱을 씹으며 집안을 둘러보았다.

설거지가 잔뜩 쌓인 개수대, 자서전 대필 작업 때문에 켜놓은 노트북, 계절에 맞지 않는 레이스 커튼, 의자마다 걸려 있는 옷가지들……. 그 중 가장 눈에 거슬린 건 커튼이었다. 벨벳 커튼을 사두고도 레이스 커튼으로 사계절을 버텼다. 겨울이 오고 있었다. 커튼부터 갈아야겠어. 집을 나서기 전의 결심이었다.

현관문을 열자 바람소리가 매섭게 들렸다. 바람이 닿은 살갗마다 금이 간 것처럼 쓰려왔다. 심상치 않은 밤, 이상한 바람이 불고 있었다. 점퍼 지퍼를 목까지 올린 후 승강기를 기다렸다. 술에 취한 704호 여자가 승강기에서 비틀거리며 내렸다. 그녀의 몸이 휘청했다. 쓰러질 것 같은 여자를 한 남자가 재빠르게 부축했다. 남자는 젊고 건장했으며 물에서 빠져나온 것처럼 매끈했다. 남자와 눈이 마주쳤다. 그는 시선을 피하며 머쓱한 표정을 지어 보였다. 이러고 싶지 않았는데 어쩌다 이렇게 되었다는 듯이. 여자가 휘청거리는 것은 자신의 잘못이 절대로 아니라는 듯이. 여자를 부축해주는 남자는 매번 바뀌었다. 하지만 그들은 하나같이 비슷한 표정을 지었다.

부축해주는 남자들 외에 여자 집에는 이렇다 할 사람들의 왕래가 없어 보였다. 승강기에서 마주치면 여자는 알은체 없이 시선을 천장 쪽에 고정시킨 채 서 있었다.

마흔 가량 돼 보이는 여자는 젊었을 땐 꽤 미인이었을 것이다. 과거의 시절을 말해주듯 우아하고 기품이 있었다. 하지만 여자는 오래도록 방치된 건물 같았다. 낡고 어둡고 머지않아 균열이 일어날 것 같이 위태로워 보였다. 여자는 누군가의 손길에 의해 피고 지는 사람 같았다.

나는 여자의 이름이 무엇인지 어떤 일을 하는지 알지 못한다. 여자 역시 내 이름이 무엇이고 어떤 일을 하며 지내는지 알 수 없을 것이다. 내가 여자에 대해 아는 것은 여자는 곧잘 술에 취해 남자를 바꿔가며 부축을 받은 채 집에 온다는 것뿐. 바로 옆집에 살고 있지만 어느 날 여자가 사라진다 해도 도움을 줄 수 없을 것이다.

반대로 내가 사라져도 704호 여자는 어떠한 도움도 줄 수 없을 것이다. 여자와 나는 벽 하나를 공유하지만 벽에는 문이 없고 이웃인 우리는 인사조차 나누지 않기 때문이다.

그런데 박재발이 내 집에서 행패 부린 일을 여자가 기억할 수 있을 것이다. 여자는 문이 열린 내 집 앞을 지나다 나와 눈이 마주쳤다.

박재발은 사채업자 하수인이었고 여러모로 어리숙했다. 하지만 내가 자신의 말을 귓등으로도 듣지 않는다는 것을 알고부터 소리를 지르고 눈을 부라렸다. 그러고는 툭 하면 겁 주는 시늉을 했다. 나는 한 번도 그에게 겁먹은 적이 없었다. 그가 무슨 짓을 할 거라 믿지 않았다. 최악의 경우를 생각해 보았다. 그는 나를 어두운 골목으로 끌고 가서 늘씬하게 두들겨 팰 것이다. 얻어맞는 거에 두려움은 없었다. 만약 전치 12주쯤 나오게 두들겨 패서 병원에 입원할 수 있다면 그에게 도리어 고마워할 것이다. 하지만 그는 내 몸에 손끝 하나 대지 않았다. 집안의 물건은 부셨어도 말이다.

그 날은 박재발이 약이 단단히 올랐던 모양이다. 처음엔 식탁 의자를 발로 차더니 내가 눈도 깜짝하지 않자 욕실 문에 어린 아이 머리만한 구멍을 내놨다. 의자를 부셨을 때는 담담했는데, 욕실 문을 부셨을 때는 내 눈에 불이 일었다. 집주인은 월세 계약서를 쓰면서 집을 곱게 써달라는 말을 지겹게 해댔다. 아들 아이가 공부를 마치고 돌아오면 여기서 살림을 차려줄 랍니다. 제 아이는 정말 훌륭하게 성장했답니다. 정말 자랑스럽고 말고요. 한 번도 기대를 저버린 적이 없는 아이니까요. 그런 아이가 살 집이랍니다…….

나는 집주인 얼굴을 뚫어지게 바라보았다. 집주인은 스스로의 말에 취해가는 것 같았다. 밝고 쾌활하고 그늘이라곤 없어 보였다. 그녀는 내 눈을 똑바로 바라보더니 선물을 주는 것처럼 말했다. 아가씨, 벽에 못을 치지 않을 수 있어요? 못을 안 박는다면 월세를 10프로 가량 깎아줄게요. 당장이라도 "됐어!"라고 답하고 싶었다.

매달 그 십 프로에 해당하는 못을 사는 상상을 했다. 사면의 벽도 모자라 천장까지 못을 박는다. 못의 집에서 못처럼 살아가는 나…….

내 말 듣고 있나요? 집주인은 힘주어 물었다. 나는 여자의 얼굴을 또다시 뚫어지게 바라보며 말했다. 못 같은 건 박지 않을 거고요. 정말 깨끗하게 쓰겠습니다. 정말이에요. 신주단지 모시 듯이……. 나는 어색하게 웃어 보였다.

"뭘 째려봐? 남의 돈 갖다 쓰고 배 째라는 년이."

내가 노려본 건 박재밭이 아니었다. 그가 만든 둥근 구멍이었다. 나는 감정이 담기지 않은 목소리로 그를 향해 말했다.

"내 머리에도 구멍을 내봐."

"뭐?"

"둥그란 구멍을 내 봐. 세모나 네모는 안 돼. 저것처럼 둥글어야 해."

"이게 미쳤나?"

"난 안 미쳤어."

"내가 우습냐?"

"넌 안 웃겨."

"말장난 하는 거야? 뜨거운 맛 좀 볼래?"

"뜨거운 맛?"

나는 말 끝에 피식피식 웃고 말았다. 박재발 얼굴이 벌겋게 달아올랐다.

박재발이 오기 전에는 황임근이란 자가 나를 찾았다. 황임근은 박재발처럼 표정을 가진 사람이 아니었다. 그는 말수가 적었고 무서울 정도로 고요했다. 그 고요를 견디다 보면 내 몸이 갈라지는 것 같았다. 그가 옆에 있으면 죽음도 불가능했다. 나는 어쩔 수 없이 돈이 생기는 대로 이자를 갚았다. 몇 달 후, 불행 중 다행한 일이 생겼다. 황임근은 나를 박재발에게 인수인계했다. 황이 더 중대한 일을 하고 있다는 말을 박재발은 묻지도 않았는데 나에게 흘렸다. 황이 한다는 일은 소름끼치도록 고요한 일일 것이다.

황에 비교하면 박은 그저 애송이일 뿐이었다. 피로감이 느껴졌다. 박재발이 만든 구멍 안으로 숨어들고 싶었다. 내 몸뚱이가 구멍 안으로 빨려 들어가면 얼마나 좋을까. 이 세계에서 감쪽같이 사라져 버린다면……. 발코니 쪽으로 몸이 끌려갔다. 나는 어느새 발코니 창 앞에 섰다. 창유리에 비친 박재발의 표정이 멍해 보였다. 창문을 열고 방충망도 젖혔다. 다리를 난간에 걸쳤다. 무게 중심이 내가 원하는 세계 쪽으로 기울어진 순간이었다. 아찔함이 좋았다. 하지만 그것도 잠시였다. 내 몸이 공중을 날았다. 그는 나를 번쩍 들어 방안으로 집어 던졌다. 그는 힘이 센 애송이였다.

"야! 미쳤어?"

한참을 씩씩거리더니 또 한 번 소리쳤다.

"뒈지고 싶거든 돈 다 갚고 뒈져!"

그는 기침을 캭캭 하다가 바닥에 침을 뱉었다.

"네 엄마한테 돈 받으러 가게는 하지 마. 거긴 너무 멀잖아."

엄마가 계신 곳은 멀다. 땅 끝까지 가서도 배 타고 한참이다. 박재밭이 냉장고에서 생수통을 꺼내 물을 들이켠 후 알약을 삼켰다.

"씨발아, 거긴 너무 멀잖아."

그가 주먹을 쥐어 자신의 가슴을 두드렸다. 크억, 소리를 내며 트림을 했다. 아주 못된 냄새가 났다. 그는 부러진 의자 다리를 집어 들고 보란 듯 자기 머리를 툭툭 쳤다.

"난 평화가 좋아. 평화롭게 살고 싶다고. 근데 이게 따라주질 않는 군. 마지막 경고야. 이번 주말까지 평화롭게 입금해. 알았어?"

순간, 나를 보는 그의 눈에서 푸른 빛이 돌았다.

"마지막 경고라고 했다."

그는 부러진 의자 다리를 가지고 사라졌다. 다리 하나를 잃은, 다리가 세 개만 남은 의자에서 앓는 소리가 났다. 내 몸의 한 부분이 사라진 것 같았다. 나는 문 쪽으로 고개를 돌렸다. 704호가 조금은 놀란 얼굴로 집 안을 들여다보고 있었다. 문을 닫기 위해 몸을 일으키자 704호의 현관문 닫히는 소리가 들렸다. 잠이 쏟아졌다. 일주일 넘게 제대로 된 잠을 자지 못했다. 문을 닫고 차단기를 내렸다. 잠깐이라도 빌어먹을 세상과 안녕하고 싶었다. 휴대폰 배터리를 분리하자 완벽한 잠과 가까워지는 것 같았다. 침낭 속으로 들어가 머리 위까지 지퍼를 올렸다. 눈을 감고 생각했다. 냉장고 안에 있는 유제품은 서서히 상해갈 것이고 야채와 과일도 시들어 버릴 것이다. 그처럼 내가 가진 시간이 서서히 상해갈 수 있다면, 알맞게 시들어버릴 수만 있다면, 그리고 눈을 떴을 때 내가 이 세계에 존재하지 않는다면…….

꼬박 사흘을 자고 깨어났다. 중간에 소변을 보러 몇 번 일어났지만 다시 잠들었다. 박재밭이 말하는 그 주말이 지나가고 있었다. 차단기를 올렸다. 죽어 있던 가전제품들이 윙 소리를 내며 살아났다. 냉장고는 지독하게 안녕했다. 과일과 야채는 아주 조금 시들어 있었다. 우유는 뜻밖에도 상하지 않았다. 내가 보란 듯 존재하고 있는 것처럼. 시간이 더 필요해. 늘 시간이 문제야. 나는 중얼거리며 휴대폰을 켰다.

세상의 메시지는 차가웠다. 박재밭의 경고 메시지도 마찬가지였다. 그는 이를 악 물고 말하는 것 같았다.

"농담 아니다. 판단은 네가 하는 거야. 이틀 주겠다……."

다음 메시지는 원고 독촉이었다. 출판사 담당자는 울 것 같은 목소리로 말했다.

"이러시면 안 되는 거잖아요……."

돈이 급해도 나는 그 일을 맡지 말았어야 했다. 재선 의원인 L의 자서전 대필을 육 개월째 쓰고 있었다. L 의원은 까다로운 데다가 주제넘기까지 했다. 담당자가 내가 쓴 원고를 일부 수정해 그에게 보내면 그는 마음에 안 드는 문장마다 붉은 줄을 죽죽 그어서 돌려보냈다. 그의 원고는 내가 네 번째였다. 앞의 세 명의 대필자들은 한두 달 일을 하다가 선금을 돌려주고 도망치듯 일에서 빠졌다고 한다. 담당자는 L의원은 좀 더 실감나면서도 감동적인 글을 원한다며 말끝에 한숨을 뱉었다. 나는 착수금으로 받은 돈을 토해낼 길이 없다. L이라는 인물을 가지고 실감나면서도 감동적인 글을 창작할 능력이 없었지만, 어쩔 수 없이 다시 고쳐 보겠노라고 말했다.

"실감나면서도 감동적으로 써야 해."

갈라지고 탁한 음성이 집안에서 공허하게 울렸다. 문자메시지를 확인했다. 카드사와 백화점은 매년 내 생일날 축하 메시지를 보내왔다. 피식 웃음이 나왔다. 잠들어 있던 그 하루 중에 생일이 있었구나. 혹시나 해서 찾아보았지만 습의 메시지는 없었다. 나와 그랬던 것처럼 그는 새 연인과 웃고 사랑하고 때론 다투고 화해하며 지낼 것이었다. 재작년 그가 사줬던 꽃무늬가 화려한 발목 운동화를 보았다. 아껴 신은 운동화는 아직도 새것 같았다.

미지근한 물을 한 잔 마시고 L 의원의 자서전 파일을 열었다. 그의 주문대로 불의에 저항하는 모습을 실감나면서도 감동적으로 표현해야 한다. 나는 문장마다 피와 눈물이란 단어를 추가했다. 포악하고 너저분한 글이 쌓여가고 있었다. 속이 매슥거렸다. 두통이 올 것 같았다. 집안을 둘러보다가 몸을 일으켰다. 쌀을 안치고 시든 야채로 찌개를 끓였다. 배를 채우면 L의원이 원하는 글을 쓸 수도 있을 것 같았다. 밥과 찌개를 먹은 후 맥주라도 한 잔 마신다면 말이다.

손목이 제대로 움직이는지 발등이 쭉 펴지는지 알 길이 없다. 눈으로 확인하고 싶어도 어둠 때문에 불가능하다. 어둠을 생각할수록 무겁고 차가운 진흙 속에서 꼼짝을 못하는 것 같다. 검고 커다란 물체가 내 머리를 누르고 있는 게 분명하다. 숨을 몰아쉰 후 이를 악문다. 괜찮아. 그래도 아직은 살아 있으니까. 서늘한 기운이 온 몸으로 퍼진다. 나는 찬기에 젖어가는 중이다. 혈관을 돌던 피는 이미 얼어버렸을지 모른다. 몸이 움직이지 않는 게 이상하다. 아, 마취약 때문일지도 몰라. 나는 아랫입술을 꽉 깨문다. 마취약이었어. 마취약. 이런 짓을 할 자는 누구일까. 그래, 박재발밖에 없지.

나는 그를 만만하게 보았고 그것은 대단한 실수였다. 그는 나를 어떻게 할 모양인가. 그런데 어찌된 일인지 두려움이 줄어든다. 박재발이라면 타협이 가능할 것도 같다. 나에게 마지막 카드가 있었다.

L 의원에게 돈을 융통할 생각이다. 이러고 싶지는 않지만 어쩔 수 없다. 석 달 전, L 의원과 출판사 담당자와 나는 저녁 식사를 했다. 빈틈없어 보였던 L의원이었지만, 출판사 담당자가 집에 일이 있다는 연락을 받고 자리를 뜨자 그는 여유 있게 웃어보였다. 그러고는 옆자리로 와서 술을 권했다. 어두운 얼굴을 하고 있는 이유가 궁금하다고 그는 물었다. 나는 세상이 참 나쁜 것 같다고 말했다. 하지만 그는 이 세상이 그런대로 살 만 하다고 말하며 내 등을 쓰다듬었다. 가까이서 보니 그는 더 늙고 아둔해 보였다. 그런데도 술에 취해 그가 이끄는 대로 입을 맞췄다. 헤어지기 전, 그는 호쾌하게 웃은 후 어려운 일이 있으면 언제든 연락을 하라고 했다. 그가 건넨 명함은 보좌관 것이었지만 나는 섭섭하지 않았다.

이상하리만치 목이 마르지 않다. 배가 고프지 않은 것도 마찬가지다. 춥고 어두운 것 빼고는 그럭저럭 견딜 만하다. 혀로 입술을 핥는다. 입술 각질이 느껴진다. 혀에 비릿한 맛이 스민다. 입술에

말라붙은 피를 핥는다. 박재발이 나를 심하게 망가뜨려 놓은 것은 아니겠지. 박재발이 내 이야기를 들어주지 않으면 어찌해야 하나. 그가 L의원에게 돈을 빌릴 동안만 기다려 주면 좋을 텐데…….

내가 납치된 것을 아는 사람이 있을까. 나는 이렇게 납치되어 결박당한 채 차고 어두운 상자 안에 담겨 있는데, 시골 부모님도 출판사 담당자도 한 달에 한번 정도 연락을 취하는 친구들도 알 길이 없을 것이다. 집을 나설 때 방과 거실에 불을 켜두었다. 가스 밸브는 잠그지 않았다. 시든 야채로 끓인 된장찌개는 상해서 악취를 풍기고 있을 것이다. 충전 중인 휴대폰으로 수없이 많은 메시지가 날아들고 있을 것이다.

집을 나서던 밤을 더듬는다. 맥주가 필요한 밤이었고, 술을 사기 위해 집을 나섰다가 704호 여자와 그를 부축한 남자를 만났다. 나를 마지막으로 본 사람들은 그들이다. 나는 승강기를 타고 내려가면서 술 냄새와 향수 냄새가 뒤섞인 고약한 냄새의 입자들을 견뎌냈다. 언젠가 습은 냄새에 유난을 떤다며 나를 향해 짜증스럽게 충고했다. 네가 사는 곳은 공동주택이야. 냄새와 소음을 때로는 공유해야 한다는 뜻이기도 해.

언젠가부터 나는 이웃의 냄새가 못 견디게 불편했다. 밥 짓는 냄새, 찌개 끓는 냄새, 생선 굽는 냄새, 담배 냄새…… 무방비로 있다가 갑작스럽게 코 점막을 강타당한 듯했다. 냄새의 입자들을 견디며 알고 싶지 않은 사람들과 사적 영역을 강제로 공유한 기분이 되었다.

승강기 안에서 숨을 참으며 알림판을 읽었다. 실종자를 찾는다는 전단지가 붙어 있었다. 실종자는 인상이 사나워 보이는 퍼머머리 여자였다. 가까이서 보니 여자는 앳된 얼굴이었다. 스물도 되어 보이지 않았다. 여자의 사진이 복사된 종이는 A4 사이즈였다. 여자를 찾는다는 내용은 손 글씨로 반듯하게 쓰여 있었다. 사람을 찾습니다. 군것질거리를 사러 나간 후에 돌아오지 않고 있습니다. 실종 일을 따져 보니 한 달이 지났다. 아파트 단지 안에는 사람을 찾는다는 벽보가 곧잘 붙었다. 지난 봄에는 마흔 가량의 주부와 이십대 중반의 여대생이 사라졌다. 관리사무소에 밀린 관리비를 내러갔다가 사무소 한쪽에서 커피를 마시던 여자들에게 나도 모르게 귀를 준 적이 있었다. 인육 때문에 사람을 납치한대요. 에이, 그거 루머예요. 헛소문이라고요. 아니래두. 사실이래. 당신이 봤어요? 당신 눈으로 본 건 아니잖아요. 방송에도 나왔대요. 이야기를 나누던 여자들이 말을 멈추더니 으스스한 얼굴로 나를 보았다.

승강기에서 내렸을 때는 경비실 시계가 자정을 가리켰다. 새로 온 예순 가량의 경비원은 잠들어 있었다. 잠에 젖은 그의 팔과 다리가 축축하게 늘어졌다. 허기 때문인지 다리에 힘이 풀렸다. 아파트 단지를 빠져 나올 때는 몸이 휘청했다. 4차선 도로 하나만 건너면 편의점이었다. 그 도로를 건너기 전, 아니면 건너는 중, 그것도 아니면 건넌 후에, 나는 목표물이 되었을 것이다. 냉정한 솜씨였다. 누군가 차갑고 둔탁한 물체로 내 머리를 가격했다. 정신을 잃을 찰나에 내 세계는 스위치가 꺼진 것처럼 암흑이 되었다. 단지, 오래 달리기를 할 때처럼 급박하게 오르내리던 가슴과 심박 소리는 한

동안 느낄 수 있었다.

지금은 그때의 심박 소리가 느껴지지 않는다. 심장이 얼어버렸나? 말도 안 돼. 나는 이 차고 어두운 상자에서 벗어날 것이다. 박재밭의 머리에 아이 머리만한 구멍을 만들어 놓고 싶지만 그를 구슬려야 한다. 미안해요. 다음 주까지만 기다리면 돈이 마련돼요. 그때까지만 기다려줘요. 부탁합니다. 박재밭은 공손한 나의 부탁을 거절하지 않을 것이다. 그는 황임근과는 다른 사람이니까.

상자 밖으로 나가자마자 끝내야 할 일들을 떠올려 본다. L 의원에게 돈을 융통해달라는 전화를 걸어야 한다. 그가 도와주지 않는다면 다른 사람들을 생각해야 한다. 전화를 거는 일만큼 자서전을 서둘러 끝내는 일도 시급하다. 구멍 난 욕실 문을 고쳐야 한다. 집주인은 예고없이 방문할 때가 있다. 집세를 깎아줬기 때문에 나는 그의 방문을 막지 못하고 있다. 운이 나쁘면 문을 갈아야 할지도 모른다. 문을 갈지 않고 고치는 방법을 찾아야 한다. 그러나 가장 먼저 하고 싶은 일은 벨벳 커튼을 다는 것이다. 암막 기능이 있고 바람도 샐 틈 없이 잘 막는 고급 커튼이다. 추위를 많이 타는 습을 위해 사뒀던 물건이다. 여유가 생긴다면 습에게 편지를 쓰고 싶다. 아마 마지막 편지가 될 것이다. 그에게 미련이 많은 여자로 보이고 싶지 않다. 습! 당신에게 문득 사과를 받고 싶네요. 우리가 헤어진 건 모두 당신 때문이에요. 당신은 새로운 연인이 나타나자 나를 떠난 거잖아요. 나는 당신을 믿었는데 어쩌면 그럴 수가 있나요……

습은 내가 일감을 따오는 회사의 거래 담당자였다. 그에게 호감을 느꼈던 이유는 그가 지닌 물건들이 낡았기 때문인지도 모르겠다. 그는 와이셔츠나 남방셔츠 위에 울 스웨터를 곧잘 입었다. 스웨터는 낡아 보였지만 그 모습이 따듯하고 정감 있게 보였다. 그가 가진 가방과 구두와 넥타이와 머플러는 그가 지금껏 지녀 왔듯 앞으로도 버리지 않고 오래 사용할 것 같았다. 나는 그의 연인이 되어 그의 곁에서 조금씩 낡고 허름해져도 좋을 것 같다는 감상에 빠져들곤 했다. 나는 첫눈에 그를 사랑하게 되었다.

하지만 그 감정이 오래가지 않았다. 시간이 지날수록 못 견디게 피로했다. 뿐만 아니라 우리는 함께 있을 때 누가 먼저랄 것도 없이 고독해졌다. 어느덧 나는 그를 피했고 그는 일 핑계로 나를 멀리했다. 일주일에 서너 번 만나던 우리였지만 어느 순간에는 한 달에 두 번 정도 저녁 식사를 하다가 어떤 때에는 한 달에 한 번 만나기도 어려웠다. 가끔 만나도 할 이야기가 없었다. 말을 나눠도 대부분 남들 사는 얘기였다. 이야기가 떨어지면 누가 먼저랄 것도 없이 각자의 휴대폰을 들여다보았다. 식사가 끝나면 우리는 말없는 섹스를 하기 싫은 숙제처럼 끝냈다. 그렇게 몇 달이 지났다.

우리는 두 달 만에 만났고 식당 음식이 지나치게 짜고 매운 것에 대해 불평했다. 그리고 각자의 휴대폰을 들여다보며 저녁 시간을 보냈다. 식당에서 나와야 할 때 장대비가 쏟아졌다. 도로 위로 물보라가 피어올랐다. 여름이 끝나가고 있었다. 우리는 넋 놓고 밖을 내다보다가 우산이 없는 걸 알아차렸다. 습의 얼굴에는 짜증이 가득했다. 비가 와서 어쩌니? 괜찮아. 가다가 우산 사면 돼. 잘 가. 당신도 잘 가. 우리는 인사를 나누자마자 각자의 집으로 뛰어갔다.

빗속을 뛰면서 나는 왜 뛰는지 모르겠단 생각을 했다. 뒤돌아보니 그는 없었다. 그도 빗속을 뛰면서 자신이 뛰는 이유를 생각했을지 모르겠다. 집에 도착해서 머리를 말리고 있을 때 그에게 전화가 왔다. 육교 밑 편의점에서 우산을 샀어. 당신은 비 안 맞고 잘 갔어?

지겨운 여름이 끝나가고 있을 무렵 내 연애도 막바지에 이르렀다고 생각했다. 아마 그즈음이었을 것이다. 습한테 마음을 나누는 빛나는 머리카락을 가진 직장 동료가 있었다. 바람이 불면 그녀의 숱 많은 검은 머리카락에선 광채가 흘러나왔다. 희고 결이 고운 그녀의 피부와 빛이 나는 검은 머리카락은 신비로웠다. 나와는 다르게 살아온 여자가 분명했다.

나는 회사 앞으로 예고없이 그를 찾아갔다. 그가 갑자기 나타난 나를 보며 놀랐지만 나 역시 그의 달라진 모습을 보고 놀랐다. 그는 한눈에도 고급스러워 보이는 새 스웨터를 입었고, 구두와 가방을 바꾸었다. 스웨터 안에 입은 남방셔츠도 못 보던 거였다. 내가 묻는 말에 그는 새제품처럼 대답했다. 내가 알던 그는 사라진 것 같았다. 두려웠다. 집으로 가는 정류장 앞에서 나는 용기 내어 말했다.

"오늘 같이 있으면 안 돼?"

"내일 오전에 회의가 있어. 자료를 아직 다 못 만들었어."

"오늘 꼭 같이 있고 싶어."

"그러게 연락 좀 하고 오지 그랬어."

습은 냉랭했다.

"나, 오늘 생일이야!"

그는 난처한 표정을 지었다.

"생일이라고 왜 진작 얘기하지 않았어?"

"뭐?"

"귀띔이라도 해주면 좋잖아."

습과 옥신각신하며 버스 세 대를 보냈다. 밤은 깊어갔고 우리의 얼굴은 어두워졌다. 헤드라이트 불빛이 그의 지친 얼굴을 핥고 지나갔다. 그의 눈에 분노가 가득했다. 그런데도 나는 그를 붙잡고 놓아주지 않았다. 그는 내 집으로 와서 자정이 될 때까지 말없이 와인을 마셨다. 그리고 그와 마지막 사랑을 나눴다. 서늘한 섹스를 나눈 날이기도 했다. 잠이 들었다가 깨어나 떨리는 몸에 이불을 끌어 덮었다. 그의 체온이 필요했다. 손으로 더듬어 보니 옆자리는 비어 있었다. 몸을 일으켜 앉았다. 그는 내가 잠들기를 기다렸다가 자신의 집으로 가버린 것이다. 한기가 느껴졌다. 바닥에 아무렇게나 벗어놓은 옷가지를 집어 마르고 건조한 몸뚱이에 둘렀다.

새벽 2시였다. 식탁 위에는 마시다 만 와인과 과자부스러기가 흩어져 있었다. 내 시선은 우리 집에 어울리지 않는 시계에서 떠나지 않았다. 식탁 위에 그가 풀어놓고 간 손목시계가 있었다. 습이 두 달치 월급을 한 푼도 쓰지 않아야 겨우 살 수 있는 시계였다. 머리카락에서 광채를 흘리는 여자가 생각났다. 여자가 밉지는 않았다. 단지, 내 자신이 미울 뿐이었다. 날이 밝아 올 때까지 남은 술을 마시고 또 한 병의 와인을 땄다.

가난이 권태를 불러왔다고 생각했다. 우리가 헤어진 이유는 그래서 가난 때문이다. 스무 살, 집을 떠나 서울에 있는 학교에 다니는 해부터 나는 늘 가난과 빚에 시달렸다. 평일에는 편의점에서 아르바이트를 했고 주말에는 식당이나 예식장에서 일당을 받았지만 빚이 줄지는 않았다. 학기마다 빚이 누적되었다. 졸업 후 직장을 다니면 상황이 좋아질 거란 희망을 가졌다. 그러나 나아지지 않았다. 회사는 상황이 어렵다며 급여를 미루기 일쑤였다. 습은 내 사정을 안쓰럽게 생각했지만 시간이 지날수록 답답해했다. 제 몸 하나 건사하지 못해서 되겠느냐고 타이르듯 말할 때 나는 외톨이가 된 기분이었다.

내 사랑이 온전하게 피어났던 시기는 특별상여금을 받았던 한 주였다. 나는 그에게 질 좋은 머플러를 선물했고 고급 레스토랑에서 밥을 먹었다. 우리는 서로에게 관대했고 너그러웠다. 흠 없는 커플이 된 것 같았다. 하지만 상여금은 눈 깜짝할 사이 사라졌고 다시 권태와 고독이 찾아왔다.

습과의 마지막 섹스 이후 나는 그를 만나러 회사 앞으로 여러 번 찾아갔다. 퇴근하는 그의 모습을 길 건너 정류장에서 훔쳐보기만 하다가 세 번째 갔던 날에 그의 팔을 잡았다. 나를 본 그는 놀라기보다 끔찍해했다. 그는 내가 알던 습이 아니었다. 나와 거리를 두고 싶어서인지 찻집 등받이에 무겁게 몸을 기대고 앉았다. 나는 의자 끝에 엉덩이를 걸치고 앉아 테이블 위에 두 손을 올려두었다. 저녁거리를 함께 걸을 때 내 손을 꼭 쥐고 반 보쯤 앞장서서 행인들 사이를 헤쳐 나가던 그였다. 다시는 거리에서 반 보 쯤 떨어져 그의 뒤를 따를 수 없을 것이다.

"당신이 정말 좋은 사람 만났으면 좋겠어. 지금 상황에서 벗어나게 해줄 수 있는 사람 말이야. 내가 잘해주지 못한 것 같아서 늘 미안했거든. 당신 빚도 갚아주고 경제적으로 힘이 될 수 있는 사람이면 참 좋을 텐데."

모멸감 때문에 이를 악물고 그를 노려보았다.

"누가 당신한테 그딴 걱정해 달래?"

분한 마음을 느낀 것도 잠시 주체할 수 없는 슬픔이 밀려왔다. 눈물이 주르륵 흘렀다. 그가 등받이에서 몸을 일으켜 세웠다. 그와의 거리가 좁혀지자 화해하고 싶은 감정이 간절하게 일렁였다. 나는 불가능한 바람을 품었다. 습, 내가 미안해요. 아니야. 내가 잘못했어. 생각해 보니 이렇게 쉽게 헤어지는 건 안되겠어……. 그러나 그는 주머니에서 울고 있는 휴대폰을 꺼내 전화를 받으며 말했다. 전화를 못 받았어요. 아니, 괜찮아요. 그래요. 내가 갈게요. 늦어서 미안해요.

그는 나를 의식한 듯 무뚝뚝하게 말했지만 전화기 저편의 목소리는 더 없이 밝고 상냥했다. 전화를 끊자마자 그가 일어섰다. 브랜드 로고가 선명하게 찍혀 있는, 한눈에도 고급스러운 숄더백에 내 시선이 못 박혔다.

"가봐야 할 것 같아."

그는 반짝이는 구두에 담긴 발을 움직여 나에게서 멀어졌다. 그가 사라지자 시야가 뿌옇게 흐려지다가 점점 어두워졌다. 눈을 크게 떠도 눈 안으로 어둠이 차올랐다.

지금도 마찬가지다. 나는 여전히 어둠에 갇혀 있다. 하지만 가만히 있을 수는 없다. 숨을 깊게 들이마신 후 몸을 움직여본다. 머리와 어깨와 가슴과 팔과 다리에 신경을 모은다. 어느 것 하나 내 마음대로 움직이지 않는다. 숨을 내쉰 후 열 개의 손가락에 집중해본다. 엄지와 검지, 중지와 약지, 그리고 새끼손가락. 미, 레, 도, 도, 솔, 파, 미, 레, 파, 시, 도, 솔, 솔, 미, 레, 도, 도…… 손톱으로 벽을 긁는 것처럼 사각대는 소리가 들려와 귀를 기울인다. 사각대는 소리가 작아지면서 흐느낌으로 바뀐다. 낡은 파이프에서 물이 새는 것처럼 소리는 규칙을 가지고 있다. 울음소리가 점점 크게 내 귀로 몰려온다.

여자 울음이다. 상자 밖 어딘가에서 누군가 서글프게 울고 있다. 나는 울음소리가 반가워 비명을 지를 뻔했다.

"이봐요! 내 말 들려요?"

여자의 울음소리가 잠시 멈춘다.

"당신도 잡혀온 건가요? 아, 저도 납치된 거 같아요."

여자가 잔뜩 겁을 먹고 있는 게 분명하다. 다시금 흐느낌 소리가 기괴하게 들린다. 나는 여자가 설사 유령일지라도 반가울 지경이다. 이 어둠 속에 나 혼자만 아니면 된다.

"혹시 돈을 빌려 썼나요?"

여자가 대답하지 않는다.

"주말까지 돈을 입금했어야 했는데 그러지 않았더니 저를 납치한 거 같아요. 당신도 알죠? 돈 받으러 다니는 박재발 말이에요."

흐느낌은 물소리 같기도 하고 어떻게 들으면 고장 난 기계음 같기도 하다. 여자가 겁을 집어 먹었는지 울음소리가 점점 커지고 있다. 그런데 자세히 들어보니 한 명이 아닌 것 같다. 적어도 한 명 이상, 아니 두 명 이상이 울고 있는 것 같다. 이 상황은 매우 희망적이지 않은가. 나는 이제 혼자가 아니고 그들이 어떤 상태에 있는지 모르겠으나 어쨌든 같은 처지에 있는 아군 몇 명이 생긴 것이다. 나는 〈양들의 침묵〉의 조디 포스터가 될 수 있을 것 같다. 갇혀 있던 여자들과 이 어둡고 차가운 상자 밖으로 탈출할 수 있을 것이다. 가능성은 있다. 울고 있는 여자들의 가족과 친구들이 실종신고를 했을 것이고 경찰은 머지않아 박재밭이라는 공통분모를 찾아낼 것이다.

"저기요. 너무 무서워 말아요. 제가 박재밭을 알거든요. 그 인간 무식하긴 해도 아주 나쁜 사람은 아니에요. 우릴 죽이지는 않을 거란 말이죠. 그리고……."

나는 바깥의 소리에 잠시 귀 기울였다가 나직하게 말을 잇는다.

"그리고 당신들 가족이 실종신고 했을 거 아녜요."

나도 모르게 웃음이 번진다. 하지만 여자들은 내 말을 무시하고 이전처럼 흐느낄 뿐이다.

"나는 이지숙이에요. 자서전 대필을 해주는 일을 하고 있어요. 엄마는 쪽도라는 데서 살고요. 여기서 한참 멀어요. 엄마는 허리가 아프신데 요즘 더 심하신 것 같아요. 디스크 수술을 받아야 할 텐데 계속 고집을 부리네요. 그 고집을 당할 사람이 없어요. 그래도 우리 엄마는 참 멋있는 분이세요. 제가요. 고등학교 때 화분을 집어던진 적이 있어요. 담임 앞에서 말예요. 반 아이가 돈을 잃어버렸는데, 체육 시간에 생리가 터져 옷을 갈아입으려고 교실에 잠깐 들어온 걸 가지고 담임이 나를 도둑으로 몰고 때리기까지 하잖아요. 그때 뺨을 두 대나 맞았어요. 태어나서 처음으로 맞은 뺨이었어요.

존재가 훼손당한 느낌 알아요? 돈은 다른 아이 가방에서 나왔어요. 담임은 사과하지 않았어요. 사과하라고 했는데도 안 했어요. 제가 화분을 들어 바닥에 던졌어요. 흙과 화분 조각이 바닥에 튀었지요. 담임은 하얗게 질리더니 오해해서 미안하다고 했어요. 내 마음은 풀렸는데, 다음 날 이주 정학을 먹었어요. 엄마는 괜찮다고 하대요. 억울한 일이 있는데, 그걸 어떻게 참냐고요. 그런 엄마예요. 그런데 제가 죽으면 엄마가 제 빚을 다 떠안게 되는 거잖아요. 혹시 황임근을 아세요? 박재밭 전에 돈 받으러 오던 사람인데…… 그 사람이 말했어요. 빚지면 죽지도 못한다고. 어딘가 꽁꽁 숨으면 가족은 못 찾아도 자기가 진 빚이 찾아온다고. 나는 죽고 싶어도 죽지 못해요. 엄마한테 박재밭을 보낼 수 없잖아요. 그런데 꼭 엄마 때문만도 아니에요. 생각해 보니 저는 할 일이 정말 많아요. 겨울용 커튼을 사두고 한 번도 쓰지 않았어요. 사계절을 바람이 숭숭 통하는 레이스 커튼으로 버텼거든요."

여자들이 아무 말이라도 해주면 좋을 텐데 서럽게 울기만 한다. 야속하다. 무섭기는 저나 나나 마찬가지인데. 불현듯 상자 밖으로 내 목소리가 전달되지 않았을지도 모른다는 생각이 스친다. 아, 아, 아! 힘껏 소리를 지른다. 소리는 웅웅거리다 맥없이 흩어진다. 마취 상태에서 성대를 뜯어간 걸까. 눈을 깜빡여 본다. 눈을 뜬 건지 감은 건지 알 수 없다. 어쩌면 눈꺼풀까지 사라졌는지도 모른다. 이전과 비교할 수 없는 한기가 밀려온다. 혈관에 살얼음이 끼고 뇌와 안구가 꽁꽁 얼어버린 느낌이다. 희망으로 번졌던 내 마음이 공포로 얼룩진다. 목이 졸리는 것 같고, 커다란 무게가 내 머리를 누르는 것 같다. 죽음의 이빨이 보인다. 저만치 서서 나를 물어뜯기 직전이다. 마음이 급해진다. 상자 밖으로 나가야 한다. 몸을 움직이려 애써보지만 허사다.

"습! 나 좀 구해줘."

내가 무서운 꿈을 꾸면 신기하게도 그 날 밤 당신 역시 비슷한 악몽을 꾸었다고 했잖아. 내가 이렇게 갇혀 있는 꿈이라도 꾸어줘. 그리고 나를 구해줘. 당신과 헤어진 지 이 년이 되어가네. 당신을 줄곧 원망했는데, 돌이켜보니 내 잘못이 큰 것 같아. 참, 멍청하지? 이제 겨우 알 것 같아. 사과하고 싶어. 그 날 말야. 그 날이 아무리 내 생일이라고 해도 매년 오는 생일 따위 뭐가 대수라고 당신을 내 집에 잡아뒀을까. 다음 날 당신 많이 힘들었겠다…….

뺨 위로 흐르는 눈물을 닦을 수 없다. 손가락 하나 움직일 수 없다는 건 끔찍한 일이다. 나는 상자 안에서 처음으로 흐느낀다. 여자들이 더 겁먹기 전에 울음을 그쳐야 하는데, 도무지 내 슬픔은 끝날 것 같지 않다. 조디 포스터처럼 탈출할 수 있을까. 나는 질문만 던지고 답을 내지 않는다.

"엄마, 나 무서워."

윙, 하는 기계음이 잠든 나를 깨운다. 내 감정은 침착하게 얼어버린 상태다. 나는 슬프지도 기쁘지도 않다. 어디선가 둔탁한 문소리가 들린 후 차각차각 발자국 소리가 가까워져 온다. 한 명이 아니다. 적어도 두 명, 아니 세 명 이상이다. 상자가 열리면 무슨 말을 해야 할까. 당신들 어떻게 이럴 수 있어? 너희가 인간이야? 그러나

의욕이 생기지 않는다. 남자 몇 명이 나누는 말소리가 두런두런 들린다.

"결혼했다며?"

"네, 어쩌다 하게 됐습니다."

"축하하고. 결혼식에 못 가 미안하네."

"별말씀을요. 그런데 찾으시는 분이 어떻게 되세요?"

"아, 내 후배! 여기 이 친구 여동생이 실종돼서 말이야."

무언가 잠겨 있던 것이 철컥 열리는 소리, 뒤이어 드르륵거리는 소리가 들린다. 어둠에 잠겨 있던 세계가 하얗게 부서진다. 밝음이 내 눈알에 못을 치는 것 같다.

"아이고, 아주 짓이겨놨네. 임근아, 좀 봐라. 어디 알아볼 수 있겠냐?"

"뻥소니라던데요……."

잠시 침묵이 흐르다 허스키한 남자 목소리가 내 귀에 똑똑하게 박힌다.

"…… 제 동생 아니네요."

네 명의 남자가 나를 내려다보고 있다. 그 중 한 남자의 충혈된 눈에 눈물이 어룽거리고 있다. 박재발이다. 그의 입가가 움찔움찔 떨린다. 더럽게 침까지 흘릴 기세다.

누군가 내 머리 위로 스산한 것을 덮는다. 드르륵, 소리가 들리며 나는 다시 어둡고 차가운 상자 속으로 밀려들어간다. 이제는 익숙해진 어둠이다. 발소리 하나가 멀어지자 남자 셋이 속삭인다.

"재 아냐?"

"아니긴요. 맞아요. 튄 줄 알았는데 CCTV 보고 찾았네요."

"밥이나 먹으러 가자. 지 애비 죽인 새끼 쥐조하다 쫄쫄 굶었다."

"좆같은 새끼네요. 그게 어디 사람이에요? 형, 이 앞에서 순댓국이나 먹어요."

"재발이도 가자. 근데 잰 아까부터 왜 저러냐? 꼭 울 것 같이."

"저 새끼, 약 처먹잖아요. 우울증 약. 넌 밥 먹고 이지숙 엄마한테 병원 위치 알려줘. 그리고 잔금 얼만지도 알려주고 이자 쳐서 다 받아내. 전처럼 일했다간 죽는다, 너."

여자들은 사라졌나. 윙, 하는 기계음만 들린다. 이제는 내가 어둠을 껴안아야 할 것 같다.

어쩌지…… 나는 오래도록 잠을 못 잔 모양이다.

슬기로운 '혼족' 생활

「차고 어두운 상자」의 창작 배경

1. 벽에는 문이 없다

「차고 어두운 상자」를 써야겠다고 생각했을 즈음 나는 서른 중반이었다. 그때는 경기도 모처의 작은 아파트에서 살고 있었다. 나는 독립세대주였으며 1인 가구였다. 집에서 밥을 해 먹지 않아 길 건너 편의점을 종종 이용하곤 했다. 편의점은 집에서 멀지 않았지만 8차선의 경사진 도로 건너편에 있었다. 어느 새벽녘인가 횡단보도를 건너는 내 앞으로 승용차 한 대가 급 브레이크를 밟고 섰다. 나만큼 운전자도 놀란 것 같았다. 당시 나는 트레이닝 차림이었고 나를 증명할 신분증이나 휴대폰이 없었다. 집으로 돌아오는 길에 기분 나쁜 상상에 빠졌다. 만약 그 차에 치였다면 어떻게 됐을까. 가장 가까운 병원으로 실려 갔겠지. 만약 사망했다면? 그 병원 영안실에 안치 됐을 것이다. 그런데 내 얼굴을 아는 사람 중 누가 제일 먼저 내 죽음을 알아차릴 수 있을까. 경찰은 내가 어디에 사는 사람인지 알아낼 수 있을까. 새벽이라 CCTV가 무용지물일지 모른다. 그들은 내가 걸어온 동선을 꼼꼼히 조사해줄 수 있을까. 이웃과는 목례만 하고 지냈기 때문에 내가 사라진다 한들 그들은 나의 부재에 관심을 갖기 어렵다. 내 이름이 무엇인지 무슨 일을 하는지조차 모르고 있으니까. 그렇다면 다른 도시에 살고 있는 가족과 지인들은 내 죽음을 얼마 만에 파악할 수 있을까.

충전기 위의 휴대폰에는 무수히 많은 부재중 전화가 와 있다. 부모님과 지인들은 내가 바쁜 일이 생겨 전화를 받지 못하는 거라고 생각한다. 일주일, 이주일 정도 연락이 안 되면 비로소 얘한테 무슨 일이 있는 건 아닐까? 그런 걱정을 하다가 그들은 혼잣말을 할지 모른다. 지난번에도 연락이 안 됐잖아. 그때는 왜 전화를 못 받았더라. 맞아, 후배랑 앙코르와트에 갔다왔다고 했어. 그전엔 혼자 상해를 갔다고 했잖아. 얘가 어딜 가면 간다고 말이나 하고 갈 것이지. 어쩜 그리 무심하지.

내 휴대폰만이 주인 없는 빈집에서 밀린 대출금 이자와 미납된 카드결제 대금을 갚으라는 금융회사의 독촉 전화를 온 몸으로 견디고 있다. 이렇게 「차고 어두운 상자」는 '혼족'이었던 나의 몹쓸 상상에서 시작된 소설이었다.

마흔 가량 돼 보이는 여자는 젊었을 땐 꽤 미인이었을 것이다. 과거의 시절을 말해주듯 우아하고 기품이 있었다. 하지만 여자는 오래도록 방치된 건물 같았다. 낡고 어둡고 머지않아 균열이 일어날 것같이 위태로워 보였다. 여자는 누군가의 손길에 의해 피고 지는 사람 같았다.

나는 여자의 이름이 무엇인지 어떤 일을 하는지 알지 못한다. 여자 역시 내 이름이 무엇이고 어떤 일을 하며 지내는지 알 수 없을 것이다. 내가 여자에 대해 아는 것은 곧잘 술에 취해 남자를 바꿔가며 부축을 받은 채 집에 온다는 것뿐. 바로 옆집에 살고 있지만 어느 날 여자가 사라진다 해도 도움을 줄 수 없을 것이다. 반대로 내가 사라져도 704호 여자는 어떠한 도움도 줄 수 없을 것이다. 여자와 나는 벽 하나를 공유하지만 벽에는 문이 없고 이웃인 우리는 인사조차 나누지 않기 때문이다.

내가 살던 곳은 복도식 아파트였고 층마다 6가구가 거주했다. 3가구 가량이 1인 가구였고 나머지는 노부부와 신혼부부가 살았다. 우리는 함께 모여 다과를 나누는 일이 없었다. 가끔은 엘리베이터 앞에서 마주쳐도 인사는커녕 눈길을 피하는 이웃도 있었다. 그렇기 때문에 내가 사라진다 해도 그들이 나에게 관심을 갖긴 어려울 터였다. 나 역시 그들 누군가가 사라진다 해도 알 도리가 없었을 것이다. 내가 쓰던 침실 벽 너머에는 대칭 구조의 1호집의 침실이 있었다. 1호 집에는 내 또래의 여성이 살고 있었다. 우리는 만 5년 가까이 벽 하나를 사이에 두고 지냈지만 목례 이외의 어떤 말도 나눈 적 없었다.

2. 주체적이고 슬기로운 '혼족' 생활

통계청 자료에 따르면 2017년 10월 기준, 우리나라의 1인 가구는 561만 3천 가구로 1년 전보다 17만 9천 가구가 늘었다고 한다. 전체 가구에서 차지하는 비중도 전년대비 28.1%에서 28.7%로 상승했다. 4가구 당 1가구가 1인 가구라는 의미이다. 결혼 기피, 가족 구조의 변화 등으로 이제 1인 가구의 증가와 정착은 피할 수 없는 현상이다.

「차고 어두운 상자」의 '나' 역시 혼족이었다. '나'는 지방 소도시에서 고등학교까지 다니다가 도시에서 대학을 다니며 아르바이트를 했다. 어렵게 대학을 졸업하여 취업을 했지만 재정 상태가 좋지 않은 회사 때문에 '나'를 기다리고 있는 것은 가난이었다. 프리랜서 일을 하면서도 채무에 시달렸다. 변하지 않을 것 같았던 애인과도 헤어지게 되는데, 애인과의 관계가 소원해진 건 모두 가난 때문이라고 '나'는 생각한다. 그들이 잠깐씩 행복했던 때는 특별상여금을 받은 날이었다. 애인에게 질 좋은 머플러를 선물하고 고급 레스토랑에서 스테이크를 먹을 때였다. 그러나 그때뿐이었다. 마주 앉아 밥을 먹어도 말없이 각자의 휴대폰에만 시선을 두는 사이, 이러한 권태로움 역시 가난 때문이라고 '나'는 믿었다.

'나'는 독립과 그에 따른 자유로운 삶을 자발적으로 선택한 게 아니라 어쩔 수 없는 혼족을 강요받은 셈이다. 애인과 헤어진 '나'는 혼자 밥을 먹고 혼자 술을 마시고 혼자 영화를 보는 삶을 살았다. 이것 역시 자유로운, 주체적 선택이 아닌 어쩔 수 없는 상황 때문에 불가피한 맥락 속에서 일어난 수동적 선택이었다.

우리는 두 달 만에 만났고 식당 음식이 지나치게 짜고 매운 것에 대해 불평했다. 그리고 각자의 휴대폰을 들여다보며 저녁 시간을 보냈다. 식당에서 나와야 할 때 장대비가 쏟아졌다. 도로 위로 물보라가 피어올랐다. 여름이 끝나가고 있었다. 우리는 넋 놓고 밖을 내다보다가 우산이 없는 걸 알아차렸다. 습의 얼굴에는 짜증이 가득했다. 비가 와서 어쩌니? 괜찮아. 가다가 우산 사면 돼. 잘 가. 당신도 잘 가. 우리는 인사를 나누자마자 각자의 집으로 뛰어갔다.

빗속을 뛰면서 나는 왜 뛰는지 모르겠단 생각을 했다. 뒤돌아보니 그는 없었다. 그도 빗속을 뛰면서 자신이 뛰는 이유를 생각했을지 모르겠다.

바람직한 '혼족' 생활이란 무엇일까. 안전한 주거 공간, 존엄함을 지킬 수 있는 생계비, 무엇보다 다른 혼족들과의 연대가 아닐까 싶다. 연락 두절이 심상치 않게 느껴질 때 조금더 적극적인 방법으로 서로의 안부를 챙길 수 있는 '합의된' 관계를 키워나가는 일, 그것이 슬기로운, 즉 영민한 '혼족' 생활의 바탕이 된다고 나는 믿는다. 2045년에는 1인 가구가 809만 8천 가구까지 증가할 것으로 전망하는 현 시점에서 말이다.

3. 전략적 도입 쓰기와 주제를 부각하는 반전에 대하여

1) 전략적 도입 쓰기

소설보다 흥미진진한 콘텐츠가 손 안에 놓여 있는 시대에 내가 쓴 소설을 끝까지 다 읽을 수 있는 독자가 몇이나 될까. 누군가 내 소설의 첫 장을 읽은 뒤 그 다음 장과 또 그 다음 장을 연이어 읽어 내서 마침내 마지막 문장까지 도달하게 만드는 힘은 무엇일까.

장황하고 지루한데다가 작가 본인조차 무슨 말을 하려는지 모르고 쓴 듯한 글을 볼 때가 있다. 특별한 독서 취향이 아닌 한 그러한 글을 애써 읽어낼 독자는 그리 많지 않을 것이다. 저자의 이름만으로도 판매 부수를 올리는 명성 있는 작가라면 모를까.

더욱이 습작생과 이름 없는 작가의 작품을 관심을 갖고 성의껏 읽어줄 독자를 찾는 건 쉽지 않은 일이다. 때문에 소설의 도입은 중요하다. 독자를 홀리지는 못할망정 읽어봤자 그냥 그럴 것이라는 인상을 품게 해선 안 된다. 이 때문에 대부분의 작가는 첫 문단과 도입에 주력한다. 내 경우에도 도입부를 쓸 때 이러저러한 전략에 대해 연구하고 쓰고 지우기를 반복한다.

거칠게 비유를 하자면 이렇다. 내가 파는 이 물건(소설)의 진가(의미)를 소비자(독자)에게 알려주고 싶다. 그렇다면 일단 그들을 제품(책) 앞까지는 오게 해야 한다. 그리고 물건을 들여다보는 소비자에게 제품의 특장점(재미나 감동)에 대해 어필해야만 한다. 독자가 제품 앞에서 흥미를 잃고 바로 떠나지 않도록 하기 위해 소설에서의 전략적 서두가 반드시 필요하다. 세공품처럼 공들인 문장, 흥미를 이끄는 사건 제시, 독자를 압도하는 소설적 분위기 등등으로.

내가 택하는 도입의 방식을 두 가지로 적는다면 아래와 같다.

1. 피식 웃음이 나올 종류의 엉뚱한 진술로 시작한다.

2. 소설적 상황을 명료하게 제시한다.

2016년에 발표한 단편 「오빠 알레르기」는 '1'에 속한다.

> 그래, 나 '꼰대'다. 인정한다. 나는 중년의 꼴사나운 여자 꼰대가 되었다. 언제부터였냐고? 글쎄올시다. 언제부터 꼰대의 기본자세를 갖추고 있었는지 나는 모른다…….

'꼰대'로 지칭되어 환호작약할 사람은 찾기 힘들 것이다. 꼰대라는 단어가 갖는 그 부정적 이미지 때문이다. 꼰대가 되지 말자고 스스로를 경계하는 어른들은 왕왕 봤어도 "나 꼰대야!"라고 진심으로 인정하는 사람은 그리 많이 보진 못했다. 스스로를 꼴사나운 여자 꼰대라고 비하하는 서술자의 '꼰대인증'은 엉뚱한 고백과 같다. 이처럼 조금은 우스꽝스러운 자기 고백으로 시작하는 것도 나쁘지 않은 서두라고 생각한다. 특히 1인칭 시점의 자기 고백이 독자로 하여금 말하는 이 가까이로 조금 더 다가서게 만드는 전략이 될 수 있다.

2014년에 발표한 단편 「차고 어두운 상자」는 '2'에 속한다.

나는 어젯밤에 납치되었다. 어쩌면 어젯밤이 아니라 그저께 밤인지도 모른다. 그것도 아니라면 그 이전의 밤이겠지. 어느 날 밤인지가 중요한 것은 아니다. 내가 어떤 꼴로 감금되어 있는지, 언제쯤 이 암흑에서 벗어날 수 있는지, 그것이 중요한 일이다. 아무래도 나는 차고 어두운 상자에 감금되어 있는 것 같다. 상자 안으로 빛 한 점 흘러 들어오지 않았다. 눈을 크게 뜰수록 어둠이 차오른다. 어둠은 살아 있고 줄곧 나를 핥고 있다. 어둠이 사악하게 느껴진 건 처음이다.

「차고 어두운 상자」는 '나'가 납치됐다는 정황으로부터 이야기를 시작한다. '나'는 언제 누구에게 납치가 됐는지 모르며 현재 자신은 차갑고 어두운 상자에 갇혀 있다고 진술한다. '나'의 상황은 불분명하지만, '나'가 느끼는 불안과 공포는 분명하고 뚜렷하다. '나'는 누군가에게 납치 됐지만 과연 탈출할 수 있을까. 그 두 지점에 초점을 맞춰 소설을 전개했다.

2) 주제를 부각하는 반전

독자는 어딘가에 갇혀 있는 '나'의 탈출을 막연히 응원한다. 상자에 갇힌 '나'의 심리를 따라 읽고 그의 말을 일단은 믿게 된다. 그리고 독자는 추측할 것이다. 아래는 낭독회에서 「차고 어두운 상자」를 읽다가 결말을 추측한 독자의 이야기다.

—저는 범인을 사채업자라고 생각했어요. 그 무섭게 생긴 아저씨. 황

모…….

—사채업자는 너무 뻔하잖아요. 전 남친인 줄 알았어요. 자신의 연애를 방해하는 전 여친이 미워서…….

범인은 사채업자도 전 남친도 아니었다. '나'는 사고사로 이미 죽었고 그래서 '나'의 진술은 망자의 증언이 된다. 결말을 읽기 전까지 소설은 누가 '나'를 가두었고 언제 '나'가 풀려나느냐에 집중한다. 그리고 '나'의 절박한 고백 즉, 차고 어두운 상자에서 자신을 구해줄 누군가를 애절하게 기다리며 독자에게 정서 반응을 기대한다.

'나'를 찾은 것은 엄마도, 전 남자친구도 아니었다. '나'를 찾아낸 것은 돈을 받아내야만 하는 사채업자였다. 그리고 사채업자의 '빚지곤 죽지도 못 한다'는 말을 증명이라도 하듯 채무는 모두 '나'의 엄마에게로 이전된다. 어머니는 딸의 비보를 사채업자를 통해 듣게 될 것이다.

주인공 '나'처럼 비교적 젊은 층에서도 고독사나 무연고와 같은 쓸쓸한 죽음이 늘고 있다는 보도를 접하곤 한다. 이미 고인이 된 '나'를 가족이나 지인보다 더 빨리 찾아냈던 것이 살아서 진 '채무'라는 설정을 통해 현 시대를 살아가는 한 개인의 소외된 삶을 부각하고자 했다.

'어두육미'는 생선은 머리, 고기는 꼬리가 맛있다는 뜻이란 걸 모르는 사람은 없을 것이다. 소설은 어떨까. 소설의 구성 요소 중 어느 것 하나 중요하지 않은 것이 없다. 그러나 소설의 구상 단계에서 특별히 더 주력해야 하는 것이 소설의 머리와 꼬리이다. 어떤 톤을 가진 인물을 어떻게 등장시켜 어떻게 결론 내려야 하나. 천부적인 재능을 가진 소설가들은 첫 문장을 쓰면 알아서 두 번째 문장이 쓰이고 결국에 마지막 문장으로 소설이 끝난다고 한다. 굉장히 부러운 일이지만 그러한 소설가는 많지가 않다.

어떻게 시작할 것인가. 어떻게 끝낼 것인가. 다시 말해 어떤 매력적인 서두로 독자를 유인하여 어떤 결말로 소설을 마무리 할 것인가. 시작은 창대했으나 끝은 흐지부지 끝나버리는 소설들이 더러 있다. 단적으로 말하자면 그것은 저자의 주제의식의 결여라고 말해도 지나치지 않을 것이다.

'호객'의 성공적 완성은 독자의 만족이다. 독자를 전면적으로 부정하는 일은 삼가하고 싶다. 소설 쓰기는 끊임없는 자문자답의 과정을 거친다. 내 안의 독자에게 질문을 던지고 그의 대답을 기다려야 한다. 이 소설로 재미를 느끼게 할 수 있을까. 정서적 울림을 자아낼 수 있을까. 문제의식을 선사할 수 있을까.

아이 버리기 실습● 김설원

'가족'을 재설정하기

2002년 『매일신문』 신춘문예에 「은빛지렁이」가 당선되어 작품 활동을 시작했고, 2009년 『여성동아』 장편소설 공모에 『이별 다섯 번』이 당선되었다. 출간된 작품으로는 장편소설 『이별 다섯 번』 『나의 요리사 마은숙』, 소설집 『은빛지렁이』가 있다.

아이 버리기 실습

아버지가 빠른우편으로 보낸 당신의 혼인 청첩장은 온통 화사하다. 신랑신부 이름과 예식장 약도는 황금색으로 도드라지게 인쇄했다. 아버지가 또 턱시도를 입든 아홉 살이나 어린 이혼녀를 배필로 삼든 관심 없다. 난 그저 아버지의 인생만큼이나 요란한 청첩장의 제작비용이 궁금할 따름이다. 스카이웨딩홀 토요일 오후 5시, 결혼식은 오늘이다.

"야, 누가 네 마음대로 참외를 꺼내 먹으라고 했어."

대뜸 소리를 지르자 연두가 놀란 표정으로 느릿느릿 걸어온다. 어느 결에 냉장고를 뒤졌는지 연두의 손에는 벌써 반이나 먹은 참외가 들려 있다. 입안이 미어터지도록 참외를 껍질째 씹어 먹는 연두의 탐욕스러운 눈빛은 가히 동물적이다. 나는 골칫거리를 세게 떠민다. 연두의 몸이 넘어질듯 말듯 휘청거린다.

"이모, 우리 수목원에는 언제 가요?"

연두는 노여움도 타지 않고 손등에 묻은 참외씨를 떼어먹으며 깝죽거린다. 마냥 우습게 본 상대한테 한방 먹은 기분이다. 나는 금세 마음이 돌변해서 만두를 쪄 줄까, 아이스크림은 어때, 라고 말하며 자상하게 군다. 연두가 두 팔을 흔들면서 갈매기처럼 끼루룩거린다. 너는 숫기가 좋아서 어디 내놔도 굶어 죽지는 않을 거야. 기가 살아서 나대는 연두를 보니까 묵직한 내 마음이 한결 가벼워진다.

나는 지금 'inside out'이라는 내 아이디가 악운을 몰고 오지 않았을까 하는 의문에서 자유롭지 못하다. 내가 아이디를 바꾼 건 다분히 충동적이었다. 올봄에 치른 9급 공무원시험의 영어 과목에서 관용어를 찾는 문제가 출제됐다. 두 개의 답을 놓고 끙끙거리다가 어렵사리 고른 게 그만 오답이었다. 나는 공무원시험에서 또 미끄러졌다. 마치 그 한 문제 때문에 죽을 쑤기라도 한 듯 억울해하다가 나는 무슨 억하심정에서였는지 그 영어문제의 정답이었던 'inside out'으로 아이디까지 바꿔버렸다. 너무 예민한 판단인지는 몰라도 아이디를 변경한 후부터 제법 반듯하던 내 일상이 삐틀어졌다. '뒤집다, 샅샅이 뒤지다'라는 그 관용어의 뜻대로 내 생활 형편이 익명의 네티즌들에게 모조리 드러나 버린 것 같다.

입추가 가까워오건만 뙤약볕은 여전하고 매미 울음소리도 점점 더 요란하다. 어지럽게 쏴 하니 울다가 어느 순간 뚝 그치는 매미 울음소리를 듣고 있노라면 고도의 전류가 내 몸속으로 흐르는 것 같아 목이 움츠러든다. 나는 전자레인지로 데운 냉동만두를 사기 그릇에 담는다. 냉장고에서 아이스크림과 요구르트, 삶은 고구마도 꺼낸다. 마치 먼 길 떠나는 자식이 안쓰러운 엄마처럼 연두에게 뭘 못 먹여서 안달하는 내 심리를 알다가도 모르겠다.

내 이메일 주소로 뜬금없이 날아온 전자우편의 내막을 꺼내놓기에 앞서 그 무렵 벌어진 불쾌한 일부터 뒤적여 보는 게 마땅한 순서겠다. 한 통의 전자우편에 와락 마음이 쏠린 건 인간에 대한 혐오감 때문이었으니까.

누구나 입맛을 다시는 공무원직에 나는 별다른 매력을 느끼지 못했다. 나의 적성, 성격과 너무나 동떨어진 생업이어서였다. 나라에서 책임지는 '생계보장'이라는 그 신원명세서가 멀쩡한 사람마저 일신을 한껏 태만하게 변질시키고, 속된 낙천주의자로 만들어버린다며 나는 대학 동기들 앞에서 의기양양하게 떠들어댔다. 두 번째 이직을 하면서부터 나의 꼿꼿한 주관이 느슨해졌다. 탄탄한 근로의식으로 무장하고서 일에 매진해봤자 결국 손에 떨어지는 건 부당한 처우였다. 윗대가리들의 사고방식이 모두 한통속인 직장을 전전하다보니 차츰 내 앞날이 불안해졌다. 지금 적성을 따져가며 일할 때가 아니야, 하루라도 빨리 내 안전한 밥그릇을 챙겨 놔야겠어, 라는 다짐을 내놓았을 때 나는 이미 서른 두 살이었다. 돈푼께나 있는 아버지가 일찌감치 결혼자금 명목으로 던져준 전세 원룸을 거처로 삼고 있는데다, 직장생활을 하며 모은 돈도 꽤 두둑했다. 내 친김이다 싶어 나는 9급 행정직 공무원시험 준비 대열에 끼어 학원 수강료와 책값에 돈을 아끼지 않았다.

근소한 점수 차이로 합격증을 받지 못한 나의 심신은 녹초가 됐다. 벌써 세 번째 불합격이었다. 실패의 후유증을 웬만큼 추스른 나는 일단 아르바이트 자리부터 알아봤다. 언제까지나 먹고 공부만 할 수는 없었다. 나는 사채업자 사무실에 이력서를 냈다. 오후 두 시 이후부터는 재량껏 자기 시간을 갈무리할 수 있다는 전임자의 귀띔이 그야말로 호조건이었다. 그곳에서 밥벌이를 하는 남자 직원들은 하나같이 너절한 말투와 상스러운 행동을 일삼는 무식쟁이였다. 나는 직장의 규모나 업무 성격이 아니라 그들 때문에 자존심이 상했다. 마치 차원이 다른 사람인양 찻잔이며 화장지를 따로 놓고 쓰면서 그들을 눈 아래 두었다. 따지고 보면 위태위태한 사무실에서 철새처럼 찍찍거리다가 일수 도장을 찍으러 다니는 그들이나, 허구한 날 수험서적과 씨름하는 나나 앞날이 불투명한 인생이긴 마찬가지인데 말이다. 천박한 우월감이었다.

밋밋한 직장생활에 된바람이 불어 닥친 건 장맛비가 쏟아지던 초복 때였다. 모처럼 사장이 사준 삼계탕을 먹고서 사무실로 들어가자 작달막한 '덩치' 하나가 내게 시비를 걸었다. 경매 서류를 앞에 놓고 이러쿵저러쿵 말다툼을 하던 중에 덩치가 주먹으로 내 어깨를 쳤다. 대번 핏대가 오른 내가 "야, 이 무식한 건달새끼야, 네가 뭔데 나를 때려," 라고 앙팡지게 대드니까 이번에는 나를 밀어버렸다. 그날 밤 덩치의 무성의한 사과 전화를 받긴 했지만 나는 그 일을 흐리멍덩하게 넘기지 않겠다고 독기를 품었다. 물론 직장은 당장 때려치웠다.

그 사건이 벌어진 다음날, 나는 전임자에게 전화를 넣었다. 덩치의 사람됨을 알아보려는 마음에서였다. 나의 기막힌 사연을 털어놓자 전임자는 자기도 그 인간한테 당한 적이 있다며 흥분했다.

"고소할 거야."

"언니, 그 인간은 폭행전과가 많고 친하게 지내는 경찰도 적잖아요. 괜히 시간 낭비하지 마세요."

"그런 작자를 어떻게 그냥 놔둬?"

"건달 부스러기들도 경찰이며 검찰에 줄을 대고 활보하는 세상인데 그런 끄나풀 하나 없이 사는 우리가 한심하죠, 뭐."

나잇살을 서로 바꿨다싶게 전임자는 어른스러웠다. 시간이 갈수록 나는 방향을 못 잡고 갈팡질팡했다. 예전에 덩치가 이와 비슷한 사건으로 어떤 경리에게 고소를 당했는데 경범죄에 적용되어 십만원인가 이십 만원의 벌금을 냈다는 전임자의 부언도 귓가에 맴돌았다. 남자들만 득실거릴 경찰서에 앉아 조사를 받는 정경을 떠올리자 피해자 입장이면서도 지레 주눅이 들었다. 답답했다. 결국 나는 경찰서 앞에 얼씬도 못하고 직장만 놓친 채 갑갑한 나날을 보낼 수밖에 없었다. 모계사회의 도래를 운운할 정도로 여자들의 입심이 막강해진 오늘날, 직장에서 그런 모욕을 당하고도 잔머리나 굴리고 있는 내 꼴이 한심스럽다 못해 딱했다.

딱딱 딱딱딱. 캐스터네츠의 불규칙한 박자가 머릿속을 사정없이 쪼아댄다. 연두가 한쪽 팔을 휘적거리며 캐스터네츠를 치고 있다. 입으로는 만화 주제가를 흥얼거린다. 연두는 처음 만날 때부터 캐스터네츠를 움켜쥐고 있었다. 나무로 만든 타악기를 시도 때도 없이 쳐댔는데 어느 날은 그것을 잃어버렸다며 동네가 떠나갈 듯 울음을 터뜨렸다. 캐스터네츠는 옷장 사이에 처박혀 있었다. 내가 가져다준 주전부리를 말끔히 먹어치운 연두의 배가 통통하다. 나의 거룩한 봉사는 오늘로 끝이니 연민의 정이라면 몰라도 저 징그러운 식탐을 흰 눈으로 볼 것까진 없다.

통신회사에서 무료로 제공해준 컬러링이 휴대폰에서 흘러나오자 연두가 획 고개를 돌린다. 시련을 딛고 재기에 성공한 여가수가 '그땐 바보처럼 몰랐어' 라고 울먹이는 목소리로 호소한다. 폴더를 열자 바빠 죽겠는데 전화를 늦게 받는다며 언니가 짜증을 부렸다.

"너는 몇 시에 출발 할 거야."

아버지의 결혼식을 두고 하는 소리다. 그래도 자식이라고 언니는, 볼품은 있을지 몰라도 신랑신부의 행동거지가 유치하기 짝이 없을 잔칫집에 가기는 할 모양이다. 언니는 아버지의 성품을 부끄럽게 여기지만 자식으로서 최소한의 도리만큼은 지킨다. 당신의 재산에 흑심을 품고 있어서다. 아버지를 능란하게 요리해서 타 내는 돈이 어느 구멍으로 들어가는지 알 수 없으나 언니의 이중인격을 고깝게 보고 싶진 않다. 나의 주제넘은 충고를 새겨들을 언니도 아닐 뿐더러 저마다 살아가는 방식이 다르니 어쩔 수 없기도 하다.

"나도 귀찮아 죽겠어. 하필이면 푹푹 찌는 삼복더위에 날짜를 잡을 게 뭐람. 노인네가 이번 결혼식에도 돈을 왕창 처발랐더라. 언제까지 망신살을 뻗치고 다닐라나 몰라. 어디 보자, 지금이 두시 이십분이니까 세시 반쯤 나가면 되겠다. 김치 담가 놨으니까 가져다 먹어."

"벌써 두 시가 지났어?"

날쌔게 지나간 시간에 얼떨떨해진 나는 먼저 전화를 끊는다. 아랫배가 살살 아파온다. 주방이며 다용도실을 기웃거리는 연두의 느러터진 몸짓이 초조함을 부추긴다. 열흘 가까이 기거한 연두는 이 원룸의 내부 사정을 속속들이 알고 있다. 내가 두통에 쩔쩔매고 있으면 어떻게 알았는지 붙박이장에서 구급상자를 꺼내올 정도다. 그동안 나는 연두의 나이답지 않은 기억력과 눈썰미를 칭찬하며 엉덩짝을 두들겨줬다. 이제와 생각해보면 그게 다 눈치꾸러기처럼 빌붙기 위한 속셈인 듯해서 몸서리가 쳐진다. 나는 인터넷 검색으로 알아낸 수목원의 위치를 떠올리며 간단하게 짐을 꾸린다. 신발을 신기만 하면 되는데 나는 어디 일거리가 없나하고 집안을 두리번거리며 시간을 끈다. 청첩장을 찢어 쓰레기통에 버리고, 화장대를 정리하고, 화초에 물을 준다. 햇빛에 비친 컴퓨터 모니터의 손자국을 물티슈로 지우다가 나는 의자에 그대로 주저앉고 만다.

덩치와의 불미스러운 일로 인해 의기소침해져 있던 내가 메일 박스를 열어본 건 인터넷 뱅킹으로 통장 잔액을 확인하고 난 후였다. '받은 편지함'에는 모두 열 두 통의 편지가 와 있었다. 상품 선전 일색인 스팸메일을 삭제하던 중 나는 '당신의 서평이 인상적이었습니다'라는 색다른 제목과 맞닥뜨렸다.

—안녕하세요, inside out씨. 인터넷 서점에서 당신의 서평을 읽었습니다. 솔직하고 명쾌한 서평에 마음이 끌려 저도 바로 그 책을 구입했어요. 저는 여섯 살배기 아들과 갓 백일이 지난 딸을 둔 주부입니다. 미술학원에서 아이들에게 그림지도를 해주다가 갓난애 때문에 잠시 일을 쉬고 있어요. 아이들한테 꼼짝없이 붙들려 있다 보니 여행은 고사하고 친구들을 만날 시간도 없답니다. 요즘은 인터넷이 저의 유일한 친구예요. 각종 설문조사에 참여하고 네티즌

들과 정보를 나누면서 나름대로 알찬 시간을 보내고 있죠. 이런 편지를 띄우긴 처음이네요. 당신에게 종종 메일을 보내도 될까요?

다정한 편지를 가장한 상품선전 메일이 아닐까 해서 나는 내용을 세세히 뜯어보았다. 분명 진솔한 서신이었다. 편지를 읽고 나자 우중충한 내 마음이 단박에 환해졌다. 메일을 보낸 여자의 아이디는 'rainbow'였다. 나는 단골로 드나드는 인터넷 서점의 '마이리뷰'에 간간이 글을 올렸다. 책을 공짜로 얻으려는 욕심에서였다. 그 인터넷 서점에서는 매월 세 편씩 우수 서평을 선정해 쿠폰을 선물로 줬다. 지난 달에 우수작으로 뽑힌 내 독후감을 그녀가 읽은 모양이었다. 그녀의 따뜻한 관심이 덩치에게 받은 모욕을 말끔히 씻어주는 듯했다. 나는 레인보의 메일 주소로 당장 답신을 보냈다.

나는 조금씩 안정을 되찾았다. 레인보와 주고받는 인터넷 편지가 마음을 다잡는데 적잖은 도움을 주었다. 이 껄렁껄렁한 세상과 박자를 맞추려면 두루뭉술하게 살아야 한다는 찝찔한 깨달음도 해열제 역할을 했다. 그래도 가장 만만한 수험생 신분으로 돌아간 나는 이른 새벽에 도서관으로 발걸음을 재촉하며 시험 준비에 열을 올렸다. 뒤틀린 일상을 바로 잡아 놓으니 입맛도 되살아났다.

마음이 없어서가 아니라 도서관에 묶여 지내는 입장이라서 나는 레인보에게 메일을 자주 띄우지 못했다. 우리는 매스컴으로 보도되는 반인륜적인 사건이나 현대 문명의 쾌속항진에 발 맞춰 한없이 탐욕적이고 이기적으로 변해가는 인간의 모습, 우리의 삶을 지배하고 있는 '속도' 숭배의식 따위에 대한 나름의 진솔한 사유들을 나누었다. '받지 않을 자유'를 누리고 싶어서 이젠 골동품이 되어

버린 '삐삐'를 여전히 지니고 다닌다는 레인보의 취향이 좀 별나다 싶으면서도 심지가 굳어 보여 좋았다.

—혜리엄마라고, 우리 앞집에서 셋방살이를 하는 여자가 있는데 자식이 자그마치 여섯이나 돼. 아이들을 앞세우고 동네를 어슬렁거리는 혜리엄말 보면서 자식 욕심이 많은 여자라고 생각했는데 그게 아니었어. 피임을 해도 임신이 잘 되는 여자들이 있잖아. 혜리엄마가 그런 부류인 모양이야. 남편의 직업이 불안정해서 근근이 먹고 사나봐. 그래도 혜리엄마는 인근 대학의 학생식당에서 시간제 아르바이트를 하며 아이들한테 온갖 정성을 다 쏟는대. 피임도 제대로 할 줄 모르는 여자가 한심스럽다가도 그 갸륵한 모성을 보면 마음이 짠해져.

레인보는 두 아이와 생활하면서 겪는 소소한 일 외에도 이웃들의 집안 사정을 재미나게 써서 보냈다. 인터넷 통신망을 통해 이루어지는 인간관계라는 것이 대개 물거품 같아서 나는 레인보와의 인연도 그렇겠거니 생각했다. 하지만 그녀는 달랐다. 레인보가 들려주는 다채로운 이야기는 감동 한 꼬투리도 선사하지 않으면서 허풍만 떨어대는 연속극보다 훨씬 맛깔스러웠다. 할머니의 옛날이야기에 정신이 쏠린 아이처럼 나는 이제나 저제나 그녀의 편지를 기다렸다.

—날이 푹푹 찌는데 밥은 제때 챙겨 먹고 있어? 뭐니 뭐니 해도 건강이 최고란 걸 잊지 마. 오늘은 뱀 이야기를 들려줄게. 인천에 사는 내 친구가 개업 식당에서 제 키만 한 화분을 얻어다가 베란다에 놔뒀대. 그런데 어느 날 실지렁이 한 마리가 거실에서 기어 다

니더라는 거야. 휴지로 집어서 버리고 하루가 지나면 또 생기고 또 생기고…… 하도 이상해서 집안을 유심히 살펴보니까 베란다의 그 화분에서 실지렁이가 꼬물꼬물 기어 나오더래. 친구가 모종삽으로 화분을 팠더니, 아, 글쎄, 그 안에 뱀알 껍데기가 수북하더라는 거야. 알에서 부화한 뱀의 새끼가 그 실지렁이였던 거지. 친구가 얼마나 기절초풍했겠어. 화분을 버리기 전에 언뜻 보니까 테두리에 조기비늘 같은 게 다닥다닥 붙어있더래. 그게 어미 뱀이 기어 들어갔다 나온 흔적이었대. 그 화분이 농원에 있을 때 뱀이 거기에다 알을 깐 모양이야. 내 친군 당장이라도 집을 팔아버리고 싶은 심정이래. 내가 걔한테 차마 이 말은 못했는데 말이야, 그 어미 뱀이 지 새끼 다 죽였다고 내 친구한테 해코지하면 어쩌지.

나는 어떤 기교도 부리지 않고 자신의 일상을 소박하게 풀어놓는 그녀의 질박한 문장에 끌렸다. 글을 눈여겨보면 글쓴이의 됨됨이가 웬만큼 드러나게 마련이다. 나는 글을 잣대로 삼아 레인보를 관찰했다. 그 탐색전의 결과는 가히 만족할 만한 것이었다.

밤늦게 도서관에서 돌아오면 나는 씻지도 않고 컴퓨터 전원부터 켰다. 그녀의 편지는 일주일에 두 번 꼴로 배달되었다. 삭막한 동굴 속에서 혼자 버둥거려야하는 수험생의 마음속에 그녀는 산뜻한 무지개를 뻗쳐 놓았다. 어느 날 그녀는 좀 다급한 문체로 큰아이를 당분간만 돌봐줄 수 없겠느냐는 부탁을 써서 보냈다. 어느 의류업체에 근무한다는 남편이 교통사고를 당했는데 두 아이를 거둬가며 병간호를 하기가 힘겹다는 사연이었다. 친정이며 시댁 식구들이 외국 아니면 지방에 뿔뿔이 흩어져 살아서 딱히 맡길 곳도 없다고 했다. 집에 상주하며 아이를 보살펴 줄 수 있는 파출부를 구해볼까 했지만 도무지 믿음이 안 간다는 거였다. 무턱대고 내게 아이를 맡기려는 걸로 봐서 레인보도 그동안 나처럼 새로 사귄 말벗의 인간성을 눈여겨본 모양이었다. 친정엄마가 시골에서 곧 올라오니까 넉넉잡아 사흘이면 될 거라며 그녀는 절박한 사정을 풀어놨다. 반드시 사례를 하겠다는 말도 덧붙였다.

레인보의 간청을 받아들인 건 아버지의 청첩장과 함께 배달된 또 다른 우편물 때문이었다. '나눔'이라는 표제가 붙은 19페이지 분량의 작은 홍보책자였다. '나눔'의 표지모델은 초등학생이었다. 안경잡이 여자아이가 책을 읽고 있었다. 남자아이는 책상 위에 엎드린 자세로 누군가를 바라봤다. 표지 밖의 친구에게 짓궂은 장난을 하는 표정이었다. 둘 다 천진난만했다. 그 책자는 군색한 맞벌이 부부의 탁아시설, 영양실조로 사망하는 개발도상국 어린이들, 강진으로 쑥대밭이 된 인도네시아 반툴지역 제로리 마을 등등의 생존환경과 그들을 위해 헌신하는 자원봉사자들의 체험담으로 꾸며져 있었다. 책장을 넘기다보면 '하루 100원 모으기'랄지 '작은 실천이 큰 희망이 됩니다'라는 캠페인 문구를 새긴 엽서가 사이사이에 끼어있기도 했다. 후원자의 도움을 간절히 바라는 엽서였다.

나는 우편함에 기대서서 책자를 단숨에 읽었다. 책장을 덮고 나니까 뜻밖에도 헐벗고 굶주린 이웃을 돕고 싶은 욕구가 끓어올랐다. 그런저런 작은 실천이 모이면 이른바 그 알량한 '기부문화'가 사회적으로 확산되리라는 꼴같잖은 의식도 들러붙었다. 아직 때 묻지 않은 나의 도덕적 품성에 자부심까지 느껴졌다. 생소한 감정이었다. 나는 계단을 올라가면서 우편봉투를 훑어봤다. 신선한 감정에 휩싸인 와중에도 나를 어떻게 알고 이런 우편물을 보냈을까 하는 의구심이 스쳤다. 어이없게도 받는 사람이 '민들레 귀하'였다. 순간 입맛이 슬그머니 떨어지는 기분이었다. 주소로 봐선 내 우편물이 확실했다. 전에 살던 집주인의 이름이 민들레인가 했는데 곰곰이 생각해보니 김영철이란 남자였다. 우체국에 미리 주소 이전 신고를 안 해서 한 달 남짓 이쪽으로 배달된 그의 우편물 때문에 나는 그 이름 석 자를 기억하고 있었다. 사회복지단체가 어떤 경로를 통해 원룸이며 아파트의 주소를 알아냈는데 거주하는 사람의 이름을 제대로 알지 못하니까 수신자를 '민들레'로 통일한 것 같았다. 민들레 씨는 깃털이 있어 바람에 날려 전파되므로 사랑을 퍼뜨리는 사회복지회의 성격과도 맞아떨어졌다.

나는 사회복지단체의 행태에 좀 비위가 상했다. 상대방의 번듯한 이름을 허투루 여기면서 자기들 멋대로 써 붙인 '민들레' 때문에 그랬다. 대다수의 이웃들이 물심양면으로 후원해 주길 바라면서 민들레라는, 마치 아파트의 숫자문패 같은 호칭으로 우편물을 보내다니, 따져볼수록 진지하지 못한 태도였다. 사회복지단체 직원들이 한데 모여 앉아 어느 지역 어느 집의 민들레가 걸려드는지 두고 보자며 전화통을 뚫어지게 바라보고 있는 모습도 아른거렸다. 무시당한 이름 때문에 내심 씁쓸했던 건 사실이지만 은근히 들뜬 나의 마음을 돌이킬 정도의 허물은 아니었다. 나는 첫 봉사 대상으로 레인보의 아이를 선택했다.

패스트푸드점에서 나는 레인보를 만났다. 서울의 한낮 최고 기온이 34도까지 올라간 날이었다. 그녀가 먼저 내 손을 덥석 잡아끌며 말을 붙였다. 인터넷 서신을 그렇게나 많이 주고받았는데도 막상 실물을 보니까 서먹서먹했다. 나는 무슨 말부터 꺼내야 할지 몰랐다. 그녀가 정겹게 구사하는 인사이드 아웃이며 레인보라는 아이디도 스테인리스 같은 느낌이었다. 엄마의 채근에 못 이겨 나에게 건성으로 인사를 하고 난 아이는 햄버거 세트를 게걸스럽게 먹어댔다. 그녀는 짙은 포도주색 선글라스에 벙거지 모자를 쓰고 나왔다. 남편이 입원해 있는 병원을 들락거리다가 눈병이 옮았다고 했다. 밉상은 아니었다. 레인보는 사이버공간에서보다 더 다정하고 유머러스했다. 무슨 다급한 용무가 있는지 자꾸 손목시계를 쳐다봐서 나까지 덩달아 조급해졌다.

"보험회사 직원과 약속이 있어서 가봐야겠어. 조만간 다시 만나서 우리끼리 오붓하게 차 마시며 이야기 나눠. 이거 얼마 안 돼, 책값에 보태 써. 아휴, 이 녀석 배탈 나겠네. 엄마가 바로 데리러 갈 테니까 이모 말씀 잘 듣고 있어야 한다?"

레인보는 제 아이의 볼기짝에 입맞춤을 하더니 패스트푸드점을 서둘러 빠져 나갔다. 아이는 제 엄마가 가든 말든 닭다리나 열심히 뜯고 있었다. 중요한 물건을 건네받지 않았거나, 뭔가 주는 걸 깜빡 잊은 것처럼 가슴 한 구석이 허전했다. 얼른 쫓아나가 그녀를 불러 세워 무슨 말인가를 좀 더 나눠야겠는데 몸이 까부라졌다. 에어컨 바람으로 실내는 더없이 쾌적했지만 내 심신은 더위에 부대꼈다. 그건 에어컨 바람도 어쩌지 못하는 심리적인 무더위였다. 나는 레인보의 아이를 데리고 거리로 나섰다. 봉사자로서 내딛는 첫 걸음이 가볍지만은 않았다. 눈앞이 아뜩아뜩했다. 레인보가 건네준 봉투에는 현금 삼십 만원이 들어있었다.

이번 정거장은 고속버스터미널이다. 내 몸이 전철 밖으로 밀려 나간다. 한목에 쏟아져 내리는 승객들의 물리적 관성에 의해서다. 나는 인파 속에 파묻혀 출구를 향해 슬그머니 발걸음을 뗀다. 어떤 아이가 목 놓아 울지만 연두의 음성은 아니다. 연두는 나를 뒤따라 내리지 못하고 달리는 전철 안에서 우왕좌왕하고 있을 것이다. 나는 고개를 깊숙이 숙인 채 발끝에 힘을 준다.

"거, 왜, 자꾸 밀고 그래요."

앞서 걷는 사내의 타박이 정수리에 꽂힌다.

에스컬레이터까지 왔다. 나는 사람들 사이를 비집고 나가 층계 쪽으로 자리를 옮긴다. 순간 누군가가 내 남방 자락을 움켜쥔다. 어떤 노인이나 임산부가 나의 몸에 의지해 층계를 오르려는 것이리라. 나는 뿌리치듯 몸을 앞으로 당긴다. 그때 또 다른 손이 오른쪽 허벅지를 쿡쿡 찌른다. 나는 반사적으로 고개를 돌린다. 연두가 헤벌쭉 웃으면서 나를 바라본다.

"여기가 수목원이에요? 야, 분수다!"

'고속버스터미널'이라고 쓰여 있는 안내 표지가 이끄는 대로 걸어가자 구름장 같은 물줄기가 냉기를 선사한다. 가슴이 확 트인다. 호화로운 분수와 대형서점, 최첨단의 각종 부대시설, 우스꽝스러운 인체 조형물이 조화롭게 어울려 있는 이곳은 연두를 홀리기에 족하다. 대형 쇼핑몰과도 연결되어 있다. 오솔길처럼 생긴 에스컬

레이터 위에는 서울을 들고 나는 사람들로 빼곡하다. 내 목소리를 삼킬 만큼 시끌벅적한 분위기가 오히려 마음에 안정을 실어 준다. 연두는 무슨 벽촌에서 온 아이처럼 입을 다물지 못하고 둘레둘레 살펴본다. 나는 분수대를 울타리처럼 둘러싼 대리석 공간에 몸을 부린다. 작은 폭포 아래 앉아 있는 기분이다. 심줄이 불거진 손등 위로 가랑비처럼 떨어지는 물방울이 몽롱한 정신을 깨운다. 연두는 색색의 개구리가 그려진 배낭을 둘러멘 채 분수대 주변을 뛰어다니다가, '책 읽는 사람들'이란 제목의 구릿빛 동상과 악수를 하며 낄낄거린다. 수목원이 너무 좋다는 둥, 저녁때 자장면을 사 먹자는 둥, 연두는 잊을 만하면 내게 달려와 쫑알거리고는 곧장 사라진다. 정신이 팔린 건지 못들은 척하는 건지 내가 거듭 불러도 연두는 쳐다보지 않는다. 분수대가 하얀 물꽃을 탐스럽게 피우고 있다.

"애비가 부산에서 땅 장사를 한다더라. 세상에 임자 없는 땅이 천지라드만."

할머니가 적어준 부산의 어느 아파트 주소를 들고 아버지를 찾아 언니와 함께 길을 나선 것이 초등학교 3학년 때였다. 언니는 중학생이었다. 엄마가 돌아가신 지 두 해가 지나서였다. 엄마는 암세포를 이겨내지 못해 젊은 나이에 숨을 거뒀다. 아버지는 변변한 직업도 없이 엄마에게 쥐꼬리만 한 생활비를 가까스로 가져다줬지만 순박한 가장이긴 했다. 엄마가 저승으로 떠난 후부터 아버지의 칙칙한 삶에 조금씩 햇살이 비쳤다.

"부부가 궁합이 안 맞으면 지지리 고생만 하다가 세상을 뜨는 겨. 난 늬 애비가 홀아비 되면 떼돈 벌 줄 진작에 알았다."

며느리를 잃고 나서야 할머니의 얼굴에 근심이 가셨다. 한 철은 서울, 한 철은 부산에 기반을 두고 아버지는 '사업상' 방방곡곡을 떠돌아다녔다. 그해 여름, 서울역 대합실에서 언니와 나는 부산행 열차를 기다리고 있었다. 여름방학 때라 기차역은 여행객들로 붐볐다. 내 옆자리에 앉은 어떤 중년 부인이 자기 아들에게 옥수수를 떼어 먹이고 있었다. 내가 입맛을 다시며 눈을 떼지 못하니까 그 아줌마가 옥수수 반쪽을 손에 쥐어줬다. 그 순간 언니가 내 팔을 낚아채더니 화장실로 끌고 가서 왜 거지새끼처럼 구느냐며 등짝을 때렸다. 예나 지금이나 언니는 남에게 동정 받는 걸 질색했다. 우리 자매는 아버지의 돈벌이 내역을 굳이 알려고 들지 않으며 무난히 대학까지 마쳤다. 돈맛을 알면 인색해진다던데 아버지는 오히려 씀씀이가 헤퍼졌다. 급기야 여색에 머리를 처박고 있던 아버지를 목격했을 때 나는 태어나서 처음으로 없이 살았던 시절을 그리워했다.

이 사람 저 사람에게 과자를 얻어먹는 연두를 쳐다보다가 한 자락의 추억을 떠올렸지만 나는 언니처럼 행동하지 않는다. 아무하고나 살갑게 어울리는 연두를 보면서 나는 도리어 안도감을 느낀다. 연두가 저렇게 협조적이라면 나는 오늘의 작업을 수월하게 마칠 수 있을 것이다. 사람은 제 팔자대로 사는 거라던 살아생전 할머니의 장담만큼 지금 나에게 위안을 주는 말은 없다.

나는 레인보의 아들 연두를 성심껏 보살폈다. 연두는 삼십 만원을 지불하고 사흘간 숙박하는 VIP손님이었으니 그에 걸맞는 서비스를 제공해야 했다. 나는 고급호텔의 웨이트리스처럼 쾌적한 분위기를 위해 집안을 쓸고 닦았다. 영양가가 풍부한 음식도 만들었다. PC방에서 함께 게임을 하고 어린이 도서관에도 데리고 갔다. 나의 깍듯한 수발을 받으며 연두는 마냥 즐거워했다. 제 엄마를 까맣게 잊고 지낼 정도였다. 연두가 잠든 동안만 나는 수험서적을 들춰볼 수 있었다.

이상한 일은 레인보와 연락이 안 된다는 거였다. 내 원룸에 연두가 짐을 푼 날 저녁 무렵에 레인보의 전화를 받았는데 그 뒤로 소식이 뜸했다. 연두의 일과를 소상히 적어서 메일을 보내도 묵묵부답, 수신확인을 해보면 '읽지 않음'이라는 보고만 줄줄이 떴다. 그녀가 일러준 삐삐번호로 내 연락처를 남겨놨으나 종무소식이었다. 연두 외할머니가 상경하셨는지도 궁금했다. 만약 내가 레인보였다면 수시로 전화를 걸어 연두의 안부를 물었을 터였다. 연두 아빠의 건강이 악화 됐나보다, 병간호를 하느라 경황이 없겠지, 라고 마음을 다독이며 일주일을 보냈다.

나의 이해심에도 한계가 있었다. 나는 연두에게 상황을 설명하고 레인보를 찾아 나서기로 했다. 영특한 연두가 병원의 위치나 외할머니의 연락처를 알고 있을지도 몰랐다.

"난 아빠가 없는 데요?"

"요게 오냐오냐 하니까 툭하면 이모한테 장난을 치려고해."

나는 메일 박스를 열어 레인보가 보내준 첨부파일을 클릭했다. 연두 아빠의 배 위에 누워 손가락을 빨거나 도리도리를 하는 아기 사진이었다.

"자, 봐. 네 아빠하고 동생이잖아."

연두가 신기한 표정으로 모니터를 쳐다보더니, 나한테 무슨 아빠랑 동생이 있느냐고, 이모는 바보멍청이라며 허공에 대고 어퍼컷을 날렸다. 사태의 심각성을 알 리 없는 연두가 방안을 빙빙 돌며 입으로 따발총 소리를 냈다. 라면 끓여줘, 라면 끓여줘, 연두가 촐싹거리며 눈치 없이 나불거렸다. 나를 어려워하기는커녕 너무나 친근해진 나머지 서슴없이 반말지거리를 하는 연두에게 놀림감이 된 기분이었다. 정신이 멍멍했다. 나는 연두를 꿇어 앉혀 놓고 닦달했다.

그동안 레인보가 흘린 말은 죄다 거짓이었다. 엄마랑 어떤 아저씨랑 옥탑방에서 함께 살았어요. 연두가 울먹이며 말했다. 말재주가 있는 연두 덕분에 레인보의 너저분한 행실이 소상히 밝혀졌다. 어떻게 이런 일이 벌어질 수 있을까. 푼수처럼 헛웃음만 나왔다. 보관함에 고이 저장해 둔 수많은 이메일이 환심을 사기 위한 미끼였다는 걸 나는 도무지 믿을 수 없었다. '받지 않을 자유' 운운하며 삐삐번호를 알려준 것도 자신을 은폐하기 위한 속임수였다. 나로서는 이 얼토당토않은 사태가 사이버 공간에서 벌이는 황당무계한 게임 같았다. 무엇보다 글마저도 결국 가면뿐이라는 사실을 나는 차마 인정하기 싫었다.

"연두야, 가자."

나는 사람들에게 다 들리도록 소리친다. 장난감 가게를 기웃거리던 연두가 재깍 달려온다.

"이모, 벌써 집에 가요?"

"수목원에 가잔 말이야."

"여기가 수목원 아니에요?"

"나무가 많은 곳이 수목원이야."

"으아, 신난다."

이곳이 수목원이든 아니든 연두는 어딘가를 또 간다는 사실이 흥겨운 거다. 올 때와 마찬가지로 전철역은 고속터미널 이용객들로 붐빈다. 전철역에서나 휴식공간에서 천방지축으로 날뛰던 것과는 달리 내 손을 꼭 붙잡고 서 있는 연두의 눈빛이 다정하다. 땀이 차서 연두의 손을 놓아버리고 싶은데 선뜻 행동으로 옮겨지지 않는다. 새카만 인파로부터 연두를 안전하게 보호하다가 나는 실소를 터뜨린다. 새삼스레 이게 무슨 눈꼴사나운 애정 표현이란 말인가. 나는 연두를 뿌리친다. 수목원으로 가는 전철이 무더운 바람을 일으키며 달려온다.

나는 연두를 즐겁게 해주려고 수목원에 가는 게 아니다. 애물단지를 감쪽같이 처리할 수 있는 방법에 대해 그간 여러모로 궁리해 봤다. 보호기간을 좀 더 연장할 수도 있었지만 레인보는 자기 새끼를 절대 데리러오지 않을 거라는 판단이 섰다. 계획적인 범행임이 밝혀졌는데 더 이상 시간을 끌며 괴로워할 이유가 없다. 나는 연두를 인계함에 있어 레인보처럼 흔적을 남기고 싶지 않다. 그녀뿐만 이 아니라 이 미쳐 돌아가는 세상의 횡포에 양심을 지켜가며 응수하기도 싫다. 어떤 경우든 상대방이 저지른 소행에 똑같이 대응해 버리는 게 상책이라는 걸 이제야 깨달았다. 덩치에게 손찌검을 당했을 때도 경찰서에 고소를 하겠다고 벼르기 전에 그 작자의 귀때기를 곧바로 갈겨줬어야 했다. 이번의 아이 떠맡기와 아이 버리기도 그와 다르지 않다. 모정마저 팔아먹은 그 악질의 깔밋한 행위를 눈 딱 감고 실습해버리면 그만이다. 연두는 어차피 버려질 아이였으니까.

지금 아버지와 나는 출발 선상에 있다. 아버지의 결혼식에 맞춰 날짜를 잡은 게 아닌데 우리는 한날한시에 각자의 목표를 향해 뛴다. 소설이나 영화 속에서 일부러 기교를 부린 듯한 우연의 일치다. '결혼'과 '유기'라는 상반된 설정 또한 누군가의 희롱인 것만 같다. 확신컨대 아버지에게 있어 결혼이란 백년가약을 맺는 숭고한 의식이 아니다. 상대방이 원하든 그렇지 않든 결혼생활에 싫증이 난다 싶으면 위자료를 적당히 쥐어주고 가뿐하게 돌아선다. 아버지는 그걸 남자다운 행동이라고 자부한다. 측은한 거드름이다. 나는 아버지의 행복한 광기를 후천적 지병이라고는 생각하지 않는다. 유전적이니만큼 그 바이러스는 미미하게나마 내 몸 속에도 잠재해 있을 것이다. 그렇지 않고서야 어떻게 한글도 깨우치지 못한 아이를 태연히 버릴 엄두를 낸단 말인가. 그런 의미에서 아버지는 당신의 딸이 꾸민 이 '버리기' 음모에 대한 책임을 일정부분 떠안아야 한다.

전철은 평소보다 두 배나 빠른 속도로 달리는 것 같다. 시끌시끌한 전철 안에서 찬송가가 들여온다. 거지 부부다. 남편은 장님이고 아내는 절름발이다. 남편의 어깨엔 구닥다리 카세트가 매달려 있다. 부부가 지팡이를 두드리며 걸어오자 승객들이 동냥은 안 주고 길만 터준다. 빨간 소쿠리엔 동전 몇 닢뿐이다. 연두와 악연을 맺기 전만 해도 나는 승객들을 상대로 구걸하는 동냥아치가 가까이 오길 기다려 적선을 하는데 결코 인색하지 않았다. 가난한 노인들이 내미는 볼펜이며 껌도 주저 없이 사줬다. 나는 천 원짜리 한 장을 소쿠리에 넣는 대신 그들을 업신여긴다. 저들은 멀쩡한 눈과 다리를 가진 동업자일 수도 있다. 거짓 동냥질을 마치고 자기네들의 아지트로 숨어들어서는 수입이 좋으네 나쁘네 떠들어대며 순진한 사람들이 한푼 두푼 모아준 돈을 공평하게 나눌지도 모를 일이다. 자원봉사자들의 발자취와 불우한 이웃들의 사연을 소개한 '나눔'이란 책자 또한 나의 호감에서 까마득히 멀어졌다. 여러 은행의 입금계좌번호를 나열해 놓은 '하루 100원 모으기 후원신청서'도 곱게 보이지 않는다. 민들레라는 익명의 독자들에게 무료로 배포되는 '나눔'이야말로 좋은 목적과 나쁜 수단을 제멋대로 구사한 돈벌이용 홍보물일지도 모른다.

세 정거장만 더 가면 수목원에 도착한다. 배가 아프다고 징징거리면서 연두가 내 팔을 붙잡는다. 수목원에 다 왔으니까 좀 참으라고 했더니 오만상을 찌푸리며 발을 동동 구른다. 전철 문이 열리자마자 연두가 공처럼 튀어나간다.

"그러게 누가 사람들이 주는 대로 받아먹으랬어? 저 표시를 봐. 층계를 올라가면 화장실이 있다는 뜻이야. 복잡하지 않으니까 혼자 다녀올 수 있지?"

연두가 배를 움켜쥐고 한달음에 달려간다.

이 전철역은 내리고 타는 사람들이 별로 없어서 한산하다. 나는 통나무 의자에 주저앉는다. 지금부터 시작이건만 고된 일정을 겨우 끝마친 것처럼 피로가 엄습한다. 그러고 보면 누군가를 속이고 비위 맞추는 악습을 떠받들면서 요령 좋게 살면 입에 풀칠은 안 할 듯도 싶다. 레인보, 언니, 덩치, 아버지의 눈엔 탄탄한 밥줄을 잡기 위한 일념 하나로 시험 준비에 몰두하는 내 모습이 얼마나 근천스러워 보였을까. 하기야 멀쩡한 직장을 내던지고서 공무원이 되겠다고 까불댄 것부터가 속물근성이 밴 작태다. 나는 노동력에 비해 아주 형편없는 월급을 받았거나 인신공격을 당해서 사직서를 낸 게 아니다. 더듬어보면 나를 분노케 했던 일들은 샐러리맨이라면 누구나 겪고 사는 흔한 잡음이었을 것이다. 레인보의 간교한 꾐에 빠지고 보니 객기를 부리다가 꿈도 사랑도 욕망도 다 잃어버린 듯한 허탈감이 밀려든다.

전철역이 금세 수선스러워진다. 수목원이 지척이라 그런지 가족 단위의 승객들이 많다. 어디선가 캐스터네츠 소리가 들려온다. 제 엄마 무릎에 앉은 꼬마가 혀를 움직여 내는 소리다. 나는 가방을 뒤져 연두의 캐스터네츠를 꺼낸다. 나들이가 생전 처음일지도 모를 연두의 머릿속에 이깟 캐스터네츠가 들어올 리 없다. 나는 흥얼흥얼 노래를 부르며 캐스터네츠를 친다. 내 연주는 저 아이의 입안엣소리보다 경쾌하지 않다. 어미 뱀이 지 새끼 다 죽였다고 해코지하면 어쩌느냐는 염려를 넌지시 흘린 레인보의 메일이 불현듯 떠오른다. 교활한 여편네, 그것도 다 나를 겁주려고 꾸며낸 이야기였을 거야. 나는 캐스터네츠의 낡은 고무줄을 송곳니로 끊어버린다. 주말에 아이들을 데리고 수목원을 찾는 소박한 부모들이라면 숲속에서 미아가 된 연두를 나 몰라라 하지는 않을 것이다. 연두가 아무리 똘똘하더라도 전철을 두 번이나 바꿔 타고 찾아간 수목원에서 고만고만한 집들이 미로 찾기의 칸막이처럼 찡박혀 있는 내 원룸으로 돌아올 수야 없겠지. 저절로 터져 나오는 안도의 한숨이 쾌재인지 뭔지는 나도 모르겠다.

"이모, 수목원에 가려면 아직 멀었어요?"

화장실에서 나온 연두가 말짱한 얼굴로 묻는다. 때마침 전철이 들어온다는 안내방송이 흘러나온다. 흥에 겨운 아이들이 전철 안으로 우르르 뛰어 들어가 자리를 잡는다. 나는 벤치에 그대로 앉아 있다. 몸이 달은 연두가 빨리 전철을 타자고 내 손을 잡아끈다.

"자리가 없잖아. 금방 또 오니까 거기 앉아서 기다려."

승강장의 CCTV엔 연두와 나의 모습만 붙박여 있다. 낡은 기왓장 같은 흑백 모니터를 보며 나는 때 아닌 추위를 느낀다. 우리는 조금 떨어져 앉아 레일을 바라본다. 내가 다리를 꼬니까 연두도 따라 한다. 누가 보면 연두와 난 영락없는 가족이다.

"이모, 집에 간장이 떨어졌다고 했잖아요. 이따 들어갈 때 사가지고 가요."

"연두야, 내 이름은 인사이드 아웃이야."

두 대의 전철이 지나갔다. 그때마다 나는 수목원으로 가는 전철이 아니라고 연두에게 거짓말을 한다. 기왕이면 인정미 있는 '민들레 귀하'에게 연두가 무사히 전해졌으면 하는 바람을 품어본다. 이제야 슬며시 고개를 드는 죄책감이 가증스럽다. 녹음이 짙은 수목원에 연두를 풀어놓고 난 후 두리번거리는 내 행방을 그리다가 나는 문득 스카이웨딩홀을 떠올린다. 푸른색 띠로 몸체를 두른 전철이 기적을 울리며 레일을 가린다. 연두가 튕기듯 의자에서 일어난다. 내 몸은 벤치에 꼼짝없이 들러붙은 채 아릿한 시선만 전철 안으로 빨려 들어간다.

'가족'을 재설정하기

「아이 버리기 실습」의 창작 배경

1. 소설의 탄생

오래 전에 쓴 소설이다.

이메일을 통한 대화가 활발히 이루어지던 때였다. 지금은 상대방의 생각이나 감정을 즉시 확인할 수 있는 소통 창구가 다양해서 이메일의 존재감이 상대적으로 낮아졌지만 그때만 해도 딴딴한 연결고리였다. 어느 날 단골 인터넷 서점에 들어가 이런저런 코너를 훑어보는데 '독자서평'과 '이메일'이 자연스레 짝지어졌다. 어떤 독자서평을 인상적으로 읽은 누군가가 글쓴이에게 이메일로 다정히 말을 붙이거나, 또 누군가는 이로운 통신 수단을 이용해 인간적으로 다가가는 척하며 범죄를 저지를지도 모른다는 상상이 꽃을 피웠다. 취업이나 사업 실패, 이별 등으로 자기애랄지 존재감이 결여되어 우울과 불안을 지병처럼 안고 살아가는 사람이라면 그런 의도적인 접근에 마음이 끌리지 않을까. 이런 상상과는 별개로 그 무렵 나는 '가족' 그리고 '모성애'의 여러 얼굴을 떠올리고 있었다. 오히려 야멸차고 몰인정한 그것의 이면을 말이다.

그 시절 곰살궂은 이웃여자를 알고 지냈다. 소설가를 꿈꾸는 노처녀였다. 그녀는 밤이나 낮이나 틈만 나면 나를 찾아와 지리멸렬한 삶에 대해, 그리고 써지지 않는 소설에 대해 조잘거렸다. 「아이 버리기 실습」에서 장맛비가 쏟아지던 날 '덩치'와 화자가 싸우는 장면만 사실이고 나머지는 허구다. 그 사건을 내 이웃여자가 겪었다. 어느 날 그녀가 나를 앉혀 놓고 팔팔 끓어오르는 목소리로 사채업자들의 사무실에서 벌어진 일을 털어놨다. 그녀의 하소연은 한밤중까지 이어졌고, 그때 내 머릿속에서 독자서평, 이메일, 가족, 모성애가 한데 어울리며 소설적 윤곽이 그려졌다. 실제 발표는 2014년 『문학마당』 봄호로 이루어졌다.

2. 무얼 말하려고?

소설은 사실의 기록이 아니므로 '재구성'을 해야 한다.

내 이웃의 억울한 사연만으로 소설의 집을 지을 수는 없다. 그 당시 여러 매스컴을 통해 비윤리적이고 비인간적인 사건사고를 접하면서, 인터넷 세상이 이렇게 활개를 친다면 그곳을 이용하여 혈육을 버릴 수도 있겠다고 생각했다. 사채업자들의 사무실에서 아르바이트를 하다가 모욕을 당한 취업준비생, 그녀의 다친 마음을 글로 위로해 주는 레인보, 그렇게 조금씩 마음을 열면서 레인보의 아이를 돌봐주지만 결국 연락이 끊어진 상황. 이런 내용으로 내 이웃의 사건을 재구성했다.

이 소설을 통해 전달하고 싶은 메시지는 '가족의 품은 따뜻한가'이다. 부모로서 기본적인 책임만 지고는 여기저기 떠돌며 여자를 갈아치우는 아버지, 재산이 탐나서 아버지가 싫으면서도 한껏 비위를 맞추는 언니, 가면을 쓰고 접근해서는 결국 아이를 버리고 달아나는 레인보. 가족이면서 가족이랄 수 없는 이들을 통해 가족 관념이 재정립되어야 함을 말하고 싶었다.

3. 이 소설을 위한 특별한 작업

'소설은 인간학이다'라는 누군가의 말에 깊이 동감한다.

소설을 쓸 때마다 공을 들이는 특별한 작업은 바로 '주인공으로 살기'이다. 그래야 심리를 제대로 묘사할 수 있기 때문이다. 어떤 사건이나 갈등을 중심으로 흐르는 등장인물의 내면을 들여다보면서 뭔가를 깨닫고, 의심도 해보는 일련의 과정을 통해 우리는 어떤 형태로든 성장한다. 때문에 심리묘사가 중요하고 그만큼 주인공으로 살기가 어렵다. 심리묘사가 어설프면 "그래서 이 소설을 통해 말하고 싶은 게 뭐야?"라는 말이 재깍 튀어나온다. 소설 속 중심인물의 심리적 동선은 주제나 다름없다.

나는 「아이 버리기 실습」을 쓰는 동안에도 insideout(주인공 아이디)이 되기 위해 애썼다. 취업준비생이 등장하는 드라마나 소설을 찾아보고 관련 기사를 모아 읽었다. 냉기가 흐르는 가정, 앞날이 불투명한 취업준비생의 처지, 사채업자와의 마찰, 어느 날 황폐한 마음속으로 걸어 들어온 여자, 그녀와 나누는 인터넷 편지, 금세 정이 들어 급기야 아이까지 돌봐준다……. 이런 처지에 놓였다고 생각하면서 최대한 연기력을 발휘했다. 더불어 이게 현실이라면 나도 주인공처럼 그렇게 할 수 있을까, 라는 의문을 오래 붙들고 있었다. 소설을 쓰는 데 '주인공으로 살기'만큼 특별하고 어려운 일은 없는 것 같다.

4. 이 소설, 그리고 그 다음

'경험'의 중요성을 새삼 깨달았다.

직접경험과 간접경험은 소설 창작의 핵이라고 생각한다. 내가 절친한 이웃의 안타까운 사연을 듣지 않았다면 「아이 버리기 실습」

은 탄생하지 못했을 것이다. 그 간접경험이 소설의 뼈대가 됐다. 직접경험이든 간접경험이든 그와 관련한 재료가 있으면 상상의 스토리는 저절로 따라 붙는다. 한마디로 경험이 씨앗인 셈이다. 레오나드로 다빈치는 "경험은 글을 잘 쓰는 모든 이들의 안주인이다"라고 말했다. 어떤 방식으로든 경험을 해야만 대상을 문제적인 시선으로 바라볼 수 있으므로 그것은 분명 우리들, 즉 창작자의 '안주인'이다.

이 소설의 속편 같은 것도 생각해 보았다. 딸이야 결혼을 하든 말든 자신의 결혼식 청첩장을 보내기 바쁜 아버지의 속내를 그려보고 싶다. 「아이 버리기 실습」에서 '가족의 품은 따뜻한가'에 대해 말했다면 속편에서는 '우리가 서로를 얼마나 알고 있을까'에 초점을 맞출 것이다. 오늘날 소통의 창구가 다양하지만 말들은 대부분 껍데기에 불과한 현실, 함께 있어도 외로운 현대인들의 그늘을 그려보고 싶다.

동화 읽는 여자 ● 박덕규

탈북 시대가 의미하는 것들

1980년 동인지 『시운동』 통해 시인, 1982년 『중앙일보』 신춘 문예 통해 문학평론가, 1994년 계간지 『상상』 통해 소설가로 각각 등단했다. 시집 『아름다운 사냥』 『골목을 나는 나비』, 소설집 『날아라 거북이!』 『포구에서 온 편지』, 탈북소재소설선 『함께 있어도 외로움에 떠는 당신들』, 장편소설 『밥과 사랑』 『토끼전 2020』 등 다수가 있다.

동화 읽는 여자

1. 어른이 읽는 동화

"잠깐만요……."

숨차 헉헉대는 음성이 먼저 들렸고, 뒤이어 계단에서 복도 쪽으로 작은 체구를 드러낸 여자가 있었다. 여자는, 화장실에서 돌아와 가게 문을 밀고 있는 민규가 이제 문을 닫으려는 걸로 안 모양이었다. 실제로 이미 문을 닫았어야 했는데, 민규는 그 잘난 뉴스 때문에 공연히 혼이 나가곤 했다.

"애가 또 책을 찾네요."

여자는 손에 들고 온 책 두 권을 내밀었다. 낮에 와서 대여점에서는 흔치 않은 그림 동화책을 찾아 빌려간 여자였다.

"동화책인데, 싸게 안 돼요?" 성인용 책 대여료보다는 싸야 할 거 아니냐고, 여자는 부스스한 얼굴에 동공이 유난히 크고 검은 눈으로 돌아보았었다. 책을 좋아하는, 그것도 처녀 같아 보이는 젊은 여자라면, 더 싸게 해주고 말고지, 하고 짓궂게 혼잣말을 했을 법도 했다. 여자가 마침 '아동용 도서 600원'이라 쓴 가격표를 본 듯 "백원 싸구나." 하고 중얼거렸었다.

"애가 여태 안 자나 보죠?"

여자 나이를 짐작할 수 없게 된 이 시대는 분명 풍요롭다는 얘기일 텐데, 사는 게 도무지 어려워만 지는 것이 꼭 호감 가는 여자한테 접근도 하지 못하는 자신의 신세 같다고 민규는 생각해 보았다. 여자는 대꾸도 없이 아동용 도서들이 꽂힌 진열대로 걸음을 옮겨갔다. 민규는 여자가 반납한 책의 번호를 컴퓨터 모니터에서 확인했다. 이제 보니 평소에 여성지에다 국내 여성작가들이 쓴 제법 수준 있는 소설도 몇 권 빌려 보았고, 두 차례는 연체한 적도 있는 것으로 기록되어 있었다. 끄지 않은 텔레비전에서는 오늘 자정에 소백산맥의 오지에 있는 한 장수촌 얘기를 담은 다큐멘터리가 방영된다고 했다. 민규는 버릇처럼 리모컨을 눌렀다. 끝나지 않은 뉴스가 또 있었다.

"……경제적 위기의 원인을 자기 자신과는 완전히 별개의 것으로만 인식했을 때, 바로 그와 같은 극단적인 돌파구만을 생각하게 되는 거죠……. 이렇듯 경제 파탄을 정신 파탄으로 이어가는 사람들이 늘어난다는 건, 우리 사회가 정말 극단으로 가고 있다는 조짐일 수 있어요……."

초대손님으로 나온 교수의 말을 앵커가 중단시킬 시점을 놓친 모양이었다. 교수는 갑작스럽게 맞은 가정의 경제 파탄 때문에 가족

동반 자살이나 유괴 사건이 늘어나고 있는 상황이 이 나라의 불길한 미래를 짐작하게 하는 하나의 조짐이라고, 정말 불길한 어조로 역설하고 있었다. 동병상련이라는 건지, 며칠째 뉴스 시간만 되면 나오는 그, 조금도 신선하지 않은 서글픈 뉴스가 자꾸 가슴에 아렸다. 퇴직금이라도 준다고 할 때 빠져 나와 이 가게를 시작하지 않았다면 민규 자신도 지금, 대책 없는 실업자 신세로 지하철을 타고 하루 종일 왔다갔다 하면서 신문에 난 구인 광고나 찢어 모으고 다니고 있을지 몰랐다.

"글자가 좀 더 많은 건 없을까요?"

여자가 몇 권의 책을 뽑아보는 눈치더니 곧 물어왔다.

"애가 몇 살인데요?"

"……열…… 살요."

아이 참, 빨리 가봐야 하는데……라고 여자는 중얼거리다가 간신히 말했다. 도무지 남의 시선에는 관심을 두지 않는 편인 듯했다. 민규는 서둘렀다.

"애가 책을 좋아하는가 본데……. 이거 어때요, 요즘 어른이 읽는 동화라고 나온 거 보니까 다 애들 거더라구요. 빠르면 초등학교 오륙학년생이 읽어도 좋을 것 같은데……."

일반 서점에서 소설류로 분류돼 한동안 베스트셀러로 판매되고 있었다는 '어른을 위한 동화' 두 권이 여자에게 내밀어졌다. 전화벨 소리가 울리는 걸 민규는 그냥 내버려두었다.

"이건 내가 읽은 것 아닌가……?"

한 권을 받아들고 망설이던 여자가 금세 다급해져서, 지갑을 열었다. 작고 앙증맞은 가죽지갑이었고, 여자의 손은 의외로 하얬다. 여자가 무슨 향내라도 뿜고 있다는 느낌이 갑자기 들었다.

"이거 두 권 그냥 천 원에 안 돼요?"

여자가 하는 말에 민규는 헛, 하고 웃음을 흘렸다. 전에도 이 여자가 이러지 않았나 싶은데 기억은 더 나지 않았다. 민규 집하고 도서대여점이 있는 상가를 사이에 두고 바로 건너 동에 사는 여자니까 어쩌면 아내와는 아는 사이일지도 몰랐다.

두 권의 책을 컴퓨터에서 확인해 대여 표시를 하고는 돈 천 원과 바꾸었다. 사실이었다. 화장기도 없이, 잠자리에 들려다가 나온 듯한 얼굴임에도 그 야윈 몸 안에서 당분 섞인 체취가 뿜어져 나왔다. 민규는 아내의 얼굴을 떠올렸다. 틈날 때마다 도서대여점 일도 봐주면서 점심때는 식당 일 아르바이트를 하게 된 이후 줄곧 피곤에 지쳐 모든 일에 인색한 표정을 풀지 않고 있는…….

민규는, 책을 들고 돌아선 여자의 뒷모습을 보고 있었다. 이제 보니 엉덩이까지 덮은 카디건을 위에 입고는 있었지만, 긴 원피스형 치마가 잘록 들어간 허리 부분과 도드라지게 나온 엉덩이 부분이 선명한 몸매를 다 가리지는 못했다. 저 몸에서 열 살 된 아이라니……?

……어쨌든 밤에 이렇게 들러 준다면, 무슨 방법이 있을 수도 있지……. 민규는 무슨 턱없는 기대인가 하고 스스로 픽 웃고는 텔레비전을 끄고, 컴퓨터 모니터를 껐다. 그러고는 잊었다는 듯이 황급히 문 밖으로 나가 복도 반대편 끝 비디오 가게를 살펴보았다. 불이 꺼져 있지 않다면, 오늘 같은 밤에는 에로영화라도 한 편 빌려

봐야겠다는 생각을 한 건 그 다음이었다.

잠시 전 끊어졌던 전화벨 소리가 다시 울렸다. 집에서 온 전화일게 분명했다. 아내의 전화라면 미리 진하게 농담이라도 해두어야지 하면서 송수화기를 들었다.

"아빠!"

하는 큰아이의 말을 듣는 순간, 민규는 가슴속에서 천둥소리 같은 것이 울렸다.

"아빠, 오늘 그거 잊지 마, 꼭."

잊지 말라는 말, 그게 뭔지, 그것이 문제였다. 기억에 없었다. 뭔지 알 수 없었다. 더 큰 문제는 다음에 있었다. 기억에 없는 일인데도, 그런데도 뭔가 크게 잘못했다는 느낌, 그 느낌이 순간적으로 민규의 목덜미를 싸리비질하듯 쓸고 갔다.

"으응, 그럼……."

밤늦게 학원 과외를 마치고 돌아와 있는 딸아이……. 그 아이를 위해 해줄 그 어떤 것도 이제는 없구나 하는 느낌에, 퇴직 후 한동안은 시달렸다. 큰아이가 고등학교를 가고, 대학교를 다니게 될 때까지는 뭔가 다른 길이 열리겠지 하고 다소간 체념 어린 태도라도 갖게 된 것이 겨우 지난 달 들어서였다. 둘이 돈 쓸 시간 없이 몸으로 때워 벌고 있으니까 뭐가 돼도 될 것 같다는 확신, 그게 그나마 어렴풋하게나마 삶의 실체를 감 잡게 해 주었다.

가족 나들이는커녕 값싼 외식도 손꼽을 정도라도, 그런 걸 꼭 죄로 느끼는 것이 좋다고 볼 수는 없었다. 다만 가장으로서 아주 기본적인 일조차 영영 못하게 되면 어쩌나 하는 조바심만은 어쩔 수 없어, 자주 얼굴이 화끈거리고 엉덩이가 시큼거려 왔다.

"그래, 임마. 안심하고 씻고 공부하고 있어. 엄마 자면 니가 과일 꺼내 먹고……. 영국인 자니?"

일부러 대화를 더 끌어봤는데도, 끝내 기억이 나지 않았다.

나, 참……. 민규는 도서 진열장을 한바퀴 둘러보았다. 오늘, 그래도 괜찮았다. 미반납 도서도 다른 날보다 적은 편이었고, 일본 요리만화하고 대하소설이 몇 질씩이나 나가주는 덕분에 근래에 보기 드문 호황이었다. 내일 신간들이 들어오면 휘파람 불며 기분 좋게 책갑을 입히리라. 게다가 밤에, 밤에 피는 한 떨기 야생화도 만났다……. 그랬는데, 그랬는데, 그게 뭐지?

민규는 자리로 돌아와 서랍 한 구석에 밀어 넣어둔 담뱃갑을 뒤져 담배 한 개비를 꺼내 물었다. 몸에도 좋지 않고 책에도 나쁘다는 판단에 도서대여점을 연 후로는 담배를 피우는 일이 거의 없었다. 접대용으로 둔 재떨이도 언젠가부터 없어진 걸 보면 민규로서는 여간 달라진 면모가 아니어서, 아내한테 "대단해, 자기." 하고 칭찬까지 들었을 정도였다. 민규는 아주 길게 빨아들였다가 퍽, 하고 연기를 일시에 뿜어보았다. 괜시리 송수화기를 들었다가 떨어뜨리듯 놓아 버렸다. 벌떡 일어나 담배를 쓰레기통에다 직접 비벼 껐다.

민규는 아주 오래 씩씩거렸다. 손에는 '완전 성복'이라는 수험생 참고서 같은 제목의 에로비디오가 하나 들려 있었다. 순식간에, 아직 문이 열려 있는 비디오 가게로 달려가 첫눈에 닿은 에로물을 집어든 것이었다. 평소 잘 아는 주인이 눈을 뚱그렇게 뜨는 걸 돈을 던지듯 주고 나왔다. 돌아오자마자 그걸 가방에다 넣고, "모르겠다,

모르겠다" 하고 외치면서 폐점을 서둘렀다. 불을 끄고, 문을 잠그고, 셔터를 내리고, 그리고……. 그리고…….

에이, 몰라, 몰라……. 민규는 울고 싶어졌다.

분명히 딸아이가 부탁한 게 있었다. 며칠 전부터였다. 어제도 오늘도 꼭!이라고 생각하고 나왔었다. 그게 생각 안 나다니……. 그러고는 밥 늦게 온 여자 손님한테 잡념이나 품고, 에로비디오를 빌려가 애엄마하고 몰래 즐길 계획이나 하고 있다니……. 이 몹쓸 애비…….

그렇게 더 처절하도록 자신을 욕해 보는데, 그렇다고 또 처절해지는 것 같지도 않았다. 민규는 자기 집으로 올라가는 계단을 탁, 탁, 탁 스스로의 발걸음 소리를 느끼면서 오르고 있었다. 눈물도 메말라갔다. 눈물이 다 말라붙어 버렸다.

"어, 너 안 잤니?"

문을 열어준 아이는 둘째였다. 큰아이 말로는 영국이는 잔다고 했었다. 실제로는 아까까지 방에서 책을 읽고 있었다고 했다.

"얘, 요즘 공부 안 하고 소설책만 본다, 아빠?"

요즘 들어서는 소설책 읽는 걸 공부라고 해주어야 할 것 같다는 생각이 자꾸 드는 중이었다. 둘째가 들고 있는 책을 보니까, 며칠 전 낮에 가게로 나와 들고 들어간, 명작도 아니고 그렇다고 싸구려 무협소설도 아닌 그런 번역소설이었다. 컴퓨터 게임에 빠진 것도 아니고, 게다가 애비가 하는 도서대여점에서 뭐 나쁜 책을 보급하고 있는 것도 아니니, 어떠랴 싶었다.

"아빠도 과일 드세요."

아이들은 음악을 틀어 놓고 과일을 먹고 있었고, 아내는 방에서 이부자리도 제대로 펴지 않고 잠들어 있었다. 가방을 아내 발밑으로 밀어 넣고 나오는 민규의 입에 딸기 한 개가 쏙 들어갔다. 역시 딸아이가 제일이다. 그러나 민규는 딸아이를 외면하면서 목욕탕 앞으로 갔다. 그 딸아이는 이번에 잠옷을 챙겨다 준다. 녀석의 젖가슴이 너무 커 보여서 고개가 절로 외로 꼬였다.

양말을 벗고, 목욕탕으로 들어가는 민규의 등뒤에서 딸아이의 말이 들려왔다.

"아빠, 가방 안에 있어?"

쿵, 하고 아주 가까운 곳에서 다시금 바윗덩이 떨어지는 소리가 났다.

"아빠 오셨니?"

하는 아내의 말소리도 들렸다. 민규는 바지를 벗다 말고 황급히 밖으로 나왔다.

"당신 자는 척했구나. 왜 그래, 사람이?"

무슨 얘기를 하려는 것인지, 민규 자신도 잘 몰랐다. 우선 딸아이의 손길을 막아서며 자기 가방을 다시 들었고, 양말을 발로 끌면서 현관 쪽으로 걸어갔다.

"어디 가시는데요, 아빠?"

딸아이가 놀라는 표정을 지었다. 민규는, 소파에 앉아 입안에 사과쪽을 넣고 우물거리며 소설책을 읽고 있는 둘째아이를 다시 보았다. 아내도 잠옷차림의 몸을 추스리면서 일어나 나왔다.

"뭘 빼놓고 왔어?"

"그래. 금방 들어올게."

그렇게 얼버무렸다.

휴우……. 한숨을 내쉬었다.

그랬다. 그 책이었다. 어른을 위한 동화. 그 책 두 권을 딸아이 학교 숙제 때문에 따로 빼놓은 게 사흘 전이었다. 아이들한테 제일 인기 있는 국어 선생님이 추천하면서 그걸 읽고 논술 공부하는 시간을 가져 보겠다고 했다는 거였다. 늦어도 오늘부터는 읽기 시작해야 한다고 딸아이가 아침에도 몇 번 다짐을 받았다. 그 사실을, 무작정 가방을 들고 나오다가 둘째아이 영국이가 책 읽는 모습을 보고서야 비로소 기억해낸 것이었다.

민규는 가게로 돌아가 컴퓨터에서 그 여자의 주소를 확인했다. 전화번호 네 자리 숫자도 정확하게 기입되어 있었다. 조금은 졸린 음색인 그 여자와 떠듬거리며 통화를 했고, 사람 몸에 척척 감기는 듯한 여자의 웃음기를 느끼면서 다른 동화책 세 권을 골라 들었다. 묘하게 일렁이는 가슴을 책을 든 손 손등으로 몇 차례 쓰다듬었다.

표은경이라는 이름의 여자가 사는 낡은 복도식 아파트는 각 동 현관 쪽이 어두운 대신 입구 양편으로 건물 둘레의 화단마다 영산홍들이 붉은 기운을 마구 뿜어대고 있는 중이었다. 입구로 들어서다 말고 민규는 잠깐 화단으로 상체를 숙여 영산홍 향기를 코에 묻혔다.

숨을 고르며 계단을 올라갔다. 5층. 침을 꿀꺽 삼켜 보았다.

크흠…….

가볍게 기침까지 한 후 벨을 누르기 위해 손을 짧게 뻗었다. 그

때, 민규는 제 풀에 화들짝 놀라며 뒤로 물러섰다. 오후 뉴스 시간에 잠깐 소개되던 동화 읽어 주는 여자 유괴범 얘기가 떠올랐던 것이다.

2. 어떤 유괴사건

명수의 말을 듣는 순간, 은경은 이마 쪽으로 피가 한꺼번에 치솟아 쏠리는 느낌이었다. 운전대를 잡은 두 손 손등에 파란 핏줄이 선명해 보였다. 처음에는, 차가 밀려 길이 막힌 데서 온 짜증이 아닌가 했다. 명수와 함께 있게 된 지 일 주일 만에 처음 겪는 일이었다. 은경은 신호등불이 바뀌기를 기다리며 몇 차례의 심호흡으로 숨을 골랐다.

어쩌면 라디오에서 들려준 한 유괴사건 소식에 공연히 속이 언짢아진 탓일 수도 있었다. 라디오 속의 남녀 진행자는 어느새 킬킬거리며 한 청취자의 편지를 읽다 말고 읽다 말고 하고 있지만, 방금 전에는 연신 혀를 끌끌 차면서 노숙자들이 늘고 자살한 사체가 하루에 몇 구씩 발견되고 유괴사건이 다반사가 된 어수선한 시국을 한탄하고 있었으니까.

사업에 실패하고 수천만 원의 빚을 안고 길거리로 나앉게 된 한 부부가 부잣집 아들을 유괴했다. 남자는 협박 담당이었고, 여자는 유괴한 아이를 지키는 일을 맡았다. 남자는 부잣집에다 요구한 돈을 찾으러 나갔다가 체포되었고, 뒤이어 여자도 구속되었으며, 아이는 무사히 집으로 돌아갔다. 아이의 부모는 의외로 아이의 몸이 깨끗하고 또 부모를 보고도 크게 반기는 기색이 아니라는 사실을 이상하게 생각했다. 그것이 여자가 유괴한 아이를 잘 보살펴준 때문이었다. 여자는 아이와 함께 있는 닷새 동안 궁한 형편대로 극진히 보살폈다. 식후에도 잠자리에 들기 전에도 꼭 이를 닦도록 도와주었으며 양말도 잘 세탁해 주었다. 그 동안 여자는 아이에게 열 권의 동화책을 읽어 주었다. 검찰에서도 이 사실을 알게 되었다. 결국 검찰은 남자만 기소하고 여자는 훈방했다.

두 진행자는 '기막힌'이라는 말과 '아이러니컬'이라는 말을 섞어가며 한 유괴사건의 후일담을 숙연한 어조로 전해 주었다.

"아이에게 동화를 읽어 주는 일이야말로 너무 아름다운 일 아니겠습니까? 어머니가 포근한 음성으로 동화를 읽어주시면 엄마 품에서 아이는 동화 속으로 빠져들어 상상의 나래를 펴다가 꿈나라로 젖어들고……. 이런 모습 얼마나 훈훈해요. 그런데, 돈을 뺏을 욕심으로 아이를 유괴해 갖고는 그 아이한테 동화를 읽어 주면서 보살폈다는 얘긴데요, 글쎄요……."

"이걸 미담이라고 웃어야 하는 건지, 아니면 흉악한 얘기라고 치를 떨어야 할지 모르겠네요……."

은경은 어쩌면, 아이에게 동화를 읽어 주고 있는 자신을 남들이 보고 유괴범으로 착각할 수도 있겠다는 생각을 했다. 지난 일 주일 동안 명수와 함께 있으면서 아무런 보상도 바라지 않았고, 또 큰 불편도 느끼지 않았는데, 이제 와서 그런 일을 당하게 되면 얼마나 억울할까 싶기도 했다. 아닌 게 아니라 며칠 전 한밤중에 동화책을 바꾸러 온 도서대여점 주인 남자만 해도 얼마나 이상한 눈으로 집안을 기웃거리던지.

그렇듯 마음이 심란해지던 차에, 명수도 같이 라디오에 귀 기울이다가 갑자기 부모 생각이 났는지 함경도 지방 사투리로 울먹이는 소리를 내고 만 것이었다.

"선생님, 저를 아버지한테 데려다 주면 안 됩니까?"

손, 발, 머리에서 땀이 바짝바짝 나서 그만 차를 내 버리고 어디 가서 세수라도 한번 했으면 싶었지만, 그냥 시간에 떠밀리듯 버텨 내는 수밖에 없었다. 명수한테 새삼스럽게 아버지를 찾으러 갈 수 없다는 사실을 설명할 수도 없는 노릇이었고, 명수 또한 그걸 모를 아이가 아니었던 것이다.

은경은 근무하는 학원 건물 뒤의 좁은 주차장에 간신히 차를 밀어 넣고 명수의 손을 잡고 계단을 오를 즈음에야 대꾸할 말을 찾아냈다.

"야, 너 자꾸 기렇게 시뚝해 있을 거이야?"

그때껏 은경 스스로도 말 그대로 '시뚝해' 있었고, 그 분위기를 알았는지 명수 또한 울먹이는 인상 그대로인 채 입을 굳게 닫고 있었으니, 그나마 그저께 명수한테 배운 북한말 하나를 간신히 건져 올려서 명수를 달랠 수 있었던 것이 다행이라면 다행이었다.

"내 자리에서 책을 읽고 있든가, 아니면 3층 피시 방에 가서 놀고 오든가……. 어쩔래, 명수야?"

은경은 원장한테 또 한 번 명수를 인사시켜 두고는 지갑에서 천 원짜리 석 장을 꺼내 명수에게 건넸다. 명수가 쭈뼛거리다가 돈을 받아들고 “그럼, 피시방에 갔다 오겠습니다.” 하고 웅얼거리는 것이 그래도 ‘시뚝한’ 기가 숙지막해져 보였다.

“그러다가 미혼모라고 소문나면 어쩌려고 그래요?”

은경에게 자기 친척 오빠를 소개해 주지 못해 안달인 영어 담당 민 선생이 명수가 나간 문으로 막 들어섰다. “미혼모가 아니라 유괴범이라고 할지 모르죠, 뭐.” 하고 가벼운 웃음으로 넘겨보는데, 평소 은경을 세상 물정 하나도 모르는 어린애로 비유하기를 즐기는 원장 언니가 짚고 나섰다.

“애 집에서는 아무 소식 없어?”

“예.” 하는 대답이 또 어이없이 절로 후, 하는 한숨소리로 이어졌다.

어제까지, 아니 오늘 오전까지도 이렇지 않았다. 밥을 먹이고 첫 직장 때 쓰던 도시락으로 밥을 싸주고 옷을 입혀 학교에 보내고, 학교를 파할 때는 직접 학교에 가서 실어 오는 일이, 마음 써주어야 하는 동생도 없이 자란 처녀로서 좀 낯설고 피곤한 경험이긴 해도, 실제로 별로 고되지 않았다. 오히려, 자주 우울증 환자처럼 침울해지는 증세가 명수 덕분에 저절로 해결된다는 느낌마저 들었다. 명수한테 들려줄 겸 읽는 동화책도 초등학생을 가르치는 자신에게 꽤 도움이 된다는 판단도 했다. 그런데 이제 일 주일 만에, 마음 밑바닥에 어떤 조바심이 요동치기 시작했고, 자기 주변도 정리하지 못하고 사는 처지가 목을 서서히 옥죄어 오는 느낌으로 생생해지고 있었다.

“그러잖아도 수업 마치고 나서 전화를 해보고 안 되면 직접 찾아가 볼까 그래요, 언니.”

"볼까가 아니지, 지금. 수업 마치고 자시고 할 것도 없잖아. 수업 준비 다 됐으면 전화부터 해보는 거야. 애를 저렇게 두고 수업인들 제대로 되겠어?"

학원을 위해서가 아니라 자신을 위해서 해주는 말인 줄 알면서도 은경은 얼굴이 붉어지고 말았다. 결국은 명수를 어서 누군가의 품으로 돌려보내야 한다는 얘기였다.

"저, 수업 들어갈게요."

은경의 표정을 읽은 원장이 뒤에서 "재가 저래 가지고 어떻게 각박한 세상을 살아……." 하면서 끌끌 혀를 차고 있었다.

두 시간 수업을 마치고 전화기 앞에 앉았지만, 명수 집도 또 명수를 데려온 권 집사도 전화를 받지 않았고, 다만 권 집사 집 전화 응답기에다 용건을 남길 수는 있었다.

오늘은 수업 중에 말을 많이 한 편도 아니어서, 은경은 누군가한테 실컷 수다라도 늘어놓았으면 하는 기분이 들었다. 하지만, "아이쿠, 이젠 날씨가 더워져서 지치는구나." 하면서 슬쩍 말을 붙여오는 민 선생의 시선을 피하면서 화장실 쪽으로 몸을 숨겼다. 거울 앞에 서서 어쩐지 측은한 낯색이 된 스스로를 들여다보았다. 그때부터 입술이 저절로 달싹거리기 시작했다.

있잖아요. 이런 일이 있었거든요. 우리 동네에 유괴사건이 일어났는데요. 사업하다 실패한 부부가 유괴범이었대요. 그런데 아이를 유괴해 놓고는 그 아이한테 과자도 사주고 동화책도 읽어 주고 이도 닦게 하면서 잘 보살펴 주었대요…….

그러고 보니 그 얘기가 꽤 기발한 동화나 소설 같기도 했다.

돈이 없어서 아이를 유괴하고는 그 아이에게 동화를 읽어 주며 놀아준 여자 얘기 들어보셨어요? 그걸 기막히다고 해야 하나요, 아이러니컬하다고 해야 하나요? 아니면 미담이라고 해야 하나요, 어쨌거나 흉악한 유괴사건일 뿐인가요?

중얼거림 끝에 은경은 당연한 수순이라는 듯이, 자신의 입술을 엷은 미소를 띠고 지켜보고 있는 한 사내의 가느다란 눈을 떠올렸다.

감독님, 실은 저한테 아이가 있거든요. 이름은 명수예요…….

이렇게 놀려도,

으흠 그래, 올해 몇 살 됐더라?

짐짓 표정을 지운 투박한 얼굴에 미세하게 의문부호를 만들어낼 진 감독이었다. 그러고는 고개를 조금씩 까딱거리면서 때로는 오호, 으흠, 하는 감탄사를 조그맣게 내고 때로는 "좀전에 뭐라고 했지?" 하며 말머리를 조정하면서 아무리 길고 야단스러운 상대의 말도 경청할 사람이었다. 다 듣고 나서도 빨리 자신의 의견을 내놓지 않고서, 음 좋은 얘긴데, 아주 미묘한 대목에서 빛을 발할 수 있는 삼빡한 심리극 한 편은 될 것 같은데……? 식으로 어눌하게 말을 늘어놓다가 상대가 은근 조바심을 낼라치면 어느새 단호하게, 이게 좋겠다고 그럴싸한 해결책을 제시하는 사람…….

은경은 휴대전화를 만지작거리다가 저장된 전화번호 목록에서 '진 감독님'이라는 문자를 찾아냈다. 물론 키를 누르지는 않았다. 일 년을 사귀었고, 그 후 일 년은 걸려 오는 전화를 받기만 했고, 그 후 지금까지 두 달 여 동안은 단 한 번의 전화와 두 통의 전자우편만 받았다. 그렇게 멀리 떨어뜨리는 데는 성공했지만, 때로 미친 듯이 전화를 걸고 싶은 것을 꾹, 꾹, 눈물을 끊어서 흘리듯 참아냈다. 영화를 보고 나서 감상을 말하고 싶을 때, 책 한 권을 읽고 났을 때, 수업 준비를 하다가 짜증이 날 때, 서툰 젓가락질로 반찬을 잘못 집었을 때……. 얘기를 하고 싶어서 혼자서 온종일 중얼중얼중얼거렸지만, 끝내 진 감독의 휴대폰을 울리게 할 단축키를 누르지 않았다.

아이의 이름은 오명수인데요……, 당연히 아빠가 오씨거든요. 올해 만으로 열 살인데 남들보다 한 해 늦어져서 지금 초등학교 삼학년이에요. 삼 년 전에 아빠하고 둘이 북한을 탈출해서 중국에서 도망 다녔대요.

으흠…….

그런 표정 짓지 마세요. 이건 다큐멘터리도 아니고 진짜라니까요.

그래, 다큐멘터리가 진짜를 찍는 거야. 드라마나 쇼하고는 찍는 게 달라.

아, 그런가? 아무튼요, 제 얘기 잘 들으셔야 해요.

그래, 나처럼 남의 말 경청 잘 하는 사람 있으면 나와 보라 그래.

라디오 방송국에서 리포터 일을 잠시 할 때 환경운동단체에 인터뷰하러 가서 만난 환경 전문 다큐멘터리 감독이었다. 실은 감독이라기보다 주로는 혼자서 비디오 촬영기를 들고 다니면서 단독으로 취재를 하고 가끔씩 프로덕션의 의뢰를 받으면 계약제로 일을 하는 촬영 전문 작가라 해야 옳았다. 은경과 연인처럼 사귈 때 나이가 벌써 불혹이었고, 가정불화가 잦은 것 같긴 했지만, 애인을 따로 두어서는 곤란한 평범한 가장이었는데, 그래도 따르는 여자들이 제법 있는 눈치였고, 그 중에 한 사람이 된 한 미혼녀에게는 자신의 감정을 속이지 않겠노라 고백해 버린 뒤로 그 미혼녀와 만날 수 있는 시간으로 하루 24시간을 마련해 두고 살아갔다. 그 미혼녀인 은경이 조심스럽게 그 시간의 지극히 적은 일부를 함께 썼다. 남의 눈을 의식하면서 만나고 아예 남의 눈을 피해 여행하며 대화하고 애무하는 시간이 꿈처럼 빨리 흘러갔고, 애쓰고 애써서 더 이상 그 시간마저 쓰지 않겠다고 선언하고 물러났지만, 그 후로 줄곧 그 사람과의 대화 습관을 씻어 내지 못해 친구와도 또 다른 남자친구와도 도무지 한 시간 이상 마주하고 있을 수가 없었다.

명수 아빠가 명수를 데리고 중국에서 한국으로 밀항을 한 거예요. 중국에서 육 개월 있었대나 그러니까 다른 탈북자들보다 고생은 덜한 축에 속한대요. 명수 할머니도 원래 먼저 북한을 탈출해 있었는데, 나중에 제삼국을 거쳐서 한국으로 들어왔대요. 그래서 명수 할머니, 명수 아빠, 명수 그렇게 한 집에서 살게 되었대요.

제삼국이면 어딜 말하는 거지? 그 사람들 툭하면 중국 갔다가 제삼국을 거쳐서 우리나라로 건너온다는데 제삼국이면 어디야, 대체?

아이, 그걸 저한테 물으면 어떡해요? 제 말 중간에 짜르면 제가 화 낼 거라고 그랬죠?

아니, 확실히 짚을 건 짚어야 타개책이 생기는 거야. 뭔 얘기 할 건지 모르지만.

아무튼 들어보세요. 명수 아빠 이름이 오준태래요. 이 사람이 사람은 좋은 사람인데 남들하고 잘 어울리지 못하고 좀 외곬수래요. 주위에서 여자도 소개해 주고 그랬는데, 다 싫대요. 오직 한 여자만 좋아한대요. 감독님은 한 여자만 좋아하세요?

진지하게 듣고 있는데 무슨 얘기야?

진 감독의 뚱하고 내미는 입술이 오히려 묘하게 정감을 불러일으키곤 했다.

다시 한 시간 수업을 마치고 나왔지만 명수가 와 있지 않았다. 그저께 명수를 피시방에 데려갔을 때 시간당 천오백 원이라고 했으니, 두 시간 수업을 마쳤을 때쯤이면 돌아와 있어야 했다. 은경은 책상을 정리하면서 더 기다려보다가 아예 핸드백이랑 명수 가방이랑 챙겨 들고 피시방으로 내려갔다.

명수를 데리고 있은 지 오늘이 일주일하고 하루째였다. 처음에 권 집사가 하루이틀만 맡아 달라며 전화를 걸어왔을 때 그러죠 하고 선뜻 대답한 것은 교회에 자주 나가지 못한 미안함 때문이었다. 특히 초등부 지도교사라는 직분을 수행하지 못해 몇몇 아이들에게 "선생님, 사랑해요. 빨리 교회 나오세요."라는 문자 메시지를 자주 받곤 했다. 명수는 그러는 중에 같은 반에 들어와 있어서 친할 기회를 갖지는 못했지만, 탈북 가족이라는 말에는 신경도 쓰지 않았고, 그저 교회에서 애들 대하듯 하면 되겠거니 하고 맡은 것이었다.

"아, 걔?"

피시방 주인은 말을 하다 말고 은경을 한번 훑어보는 기색이었다.

"저 혼자 게임을 한 시간이나 했을까, 저한테 이천 원 내고 저기 아이스크림 하나 입에 물고 그러고는 이 컴퓨터 저 컴퓨터 기웃거리다가 아까 전에 나가던데……. 말 좀 어눌하게 하는 애 맞죠, 걔? 조선족인가요, 그 아이?"

말은 어눌하지만 셈은 그래도 정확하더라는 얘기인지, 아니면 애한테 돈을 더 받은 것 없다는 결백을 표하려는 것인지 주인은 명수를 정확하게 기억해냈다.

한 여자만 좋아하세요, 감독님? 여기 한 여자만 좋아하는 아버지 때문에 고아가 된 아이가 있답니다.

명수가 이 집 저 집 교인들 집으로 잠시 은경에게 맡겨진 것이 한 여자만 좋아한 오준태의 성격 탓이라고 말할 수도 있었다.

세 사람의 정착금으로 마련한 전셋집은 2년이 지나 오른 전세금을 감당하지 못하게 돼 그 가족은 더 누추한 집으로 옮겨가야 했다. 집안 형편이 더 나아질 가능성은 전혀 없었다. 그러던 중에 오준태는 직장 동료의 소개로 한 여자를 만나 얼마 동안 교제하게 되었는데, 그 교제가 실패로 돌아가자 갑자기 북한에 두고 온 아내 생각에 견딜 수가 없어졌다. 오준태가, 부산으로 출장을 떠나며 며칠만 돌봐 달라고 다니는 교회의 교인들한테 어머니와 명수를 부탁하고 떠난 것이 벌써 한 달. 그 사이, 명수 할머니마저 중풍으로 쓰러져 병원 신세를 지게 되었고, 혼자 남게 된 명수는 교인들 집을 전전하다가 이번에 은경 집에서 묵게 된 거였다.

은경은 처음에 어쩌면 명수가 탈북 귀순 가족이라는 점에 호기심이 더 동한지도 몰랐다. 그러나 실제로 명수 집이 그처럼 복잡한 상황에 처했다는 사실을 안 것은 나흘째 되는 날인 일요일에 명수를 교회에 데리고 갔을 때였다. 권 집사가 뭔가 숨기는 듯하더니 끝내 설명을 하고 말았다.

“명수 할머니는 뇌경색으로 거의 식물인간이 되었다고 봐야 하고, 명수 아버지는 명수 엄마를 찾으러 북한으로 잠입했지만 못 나오고 있는 걸 보면 거기서 잡혀 죽었을 수도 있어요."

그 얘기를 듣고 나서도 은경은, 손에 들고 있던 교회 홍보책자에서 동화책 목록을 발견하고 명수한테 무얼 읽어 줄까 궁리하기까지 했다. 이제, 정확하게는 오늘이 일주일하고도 하루가 되는 날, 은경은 책읽기를 좋아하는 명수에게 더는 동화 읽어 주는 여자가 되지 않겠다고 작심하고 있는 중이었다.

은경은, 혼자 학원으로 돌아와 강의실을 기웃거리고 있는 명수를 찾아냈다. "얘, 어딨었어!" 하는 소리에 가슴 밑바닥에서 울컥 하는 느낌이 얹어진 듯했다. 갑자기 온몸에 전율이 훑고 지나갔다.

밤이 깊어지자, 은경은 명수한테 동화책을 빌리러 간다고 해놓고 밖으로 나왔다. 그러고는 영산홍 꽃길을 따라 화단 주변을 거닐다가, 진 감독의 휴대전화에 음성 메시지를 남겼다.

"감독님, 저 어떻게 하면 좋죠? 명수를 맡아서 길러야 할지도 모르겠어요."

3. 아이와 함께 쓰는 동화

마지막까지 임무 완수하겠다고 노이 바이 공항까지 따라 나갔지만, 거기서 호준이 한 일이라고는 여행사 측 짐을 부치는 일을 도와주고 공항 대합실에서 다시 한번 기념 촬영을 해주는 일밖에 없었다. 결국은 일행이 출국 수속을 다 밟고 나서도 시간이 남아 기념품이라도 몇 개 사겠다고 상점가를 기웃거리는 사이에 호준은 여행사 박 사장과 일행의 단장 격인 고 교수한테만 악수를 나누고 돌아서야 했다. 공항을 나서자마자 다시 질척거리듯이 후끈거리는 베트남 특유의 끈적이는 공기가 들러붙었지만, 아, 그래도 이게 어디랴 싶었다.

십 년 전에 일본 도쿄에 연이어 두 차례 다녀온 것을 제외하면 해외 나들이는 이번이 두 번째였다. 두 해 전, 방송 관계자들과 함께 한 중국 여행 때는 처음이라 개인적으로 아무런 모험도 감행하지 못하고 돌아와서는 두고두고 후회했었다. 이번에도 친구인 박 사장의 부탁으로 전 일정을 디지털 카메라와 슬라이드 필름으로 촬영해 주는 조건으로 무료로 동참하게 되었기 때문에 또 이래저래 개별 행동은 자제할 수밖에 없다고 생각했다. 게다가 여행에 나설 무렵 아내와 전세금 문제로 심하게 다투었기 때문에 심리적으로 차분히 촬영 계획을 세울 틈도 없었다.

이곳에 와서 사박 오일째. 여행을 제대로 하는 사람에게는 어쩌면 이건 여행이랄 수도 없었다. 우선 호치민과 하노이 두 도시에서 의례적이지만 각각 공식 행사가 잡혀 있어서 관광을 할 수 있는 시간이 절대적으로 부족했다. 그 행사가 현지인들과의 회의나 협상보다 한인들이 경영하는 회사나 한인 2세를 교육하는 기관을 방문하는 등으로 짜여져 있어서, 일종의 생활 답사 성격이 된 것이 그나마 다행이었다. 단체의 성격상 이미 한두 차례씩 베트남을 다녀간 사람들이 대부분이라 일행 중 삼분의 일은 호치민에서의 이틀 중 하루를 단체 관광 코스에서 빠져 미토에서 유니콘섬으로 이어지는 환상의 메콩델타 기행에 나서기도 했고, 남은 사람들도 전쟁

범죄 박물관이며 담셈공원 등지를 돌고, 서북쪽으로 75km 떨어진 구찌 터널의 거대한 거미줄 같은 땅굴을 직접 관람한 것으로도 나름대로 만족하는 기색이었다. 구찌 터널 속을 기듯이 걸을 때 왕년에 그 용감하던 우리의 맹호부대 용사들이며 미군들의 무자비한 공세에도 불구하고 패망하지 않고 승리를 얻은 베트남의 저력이 서늘하게 확인되는 느낌은 오래 남을 듯도 싶었다.

사흘째 되는 날 호치민에서 항공편으로 하노이로 왔다가 호수 같은 바다에 3천 개 기암괴석의 섬을 자랑하는 하롱베이를 유람하고 그곳에서 일박, 그리고 어제 다시 하노이에 와서 바딘 광장의 호치민 묘소를 들르고 호안키엠 호수를 거닐었고, 오늘은 아침나절 좀 여유 있게 호텔 부근에 있다가 공항으로 가는 일정이었다. 나쁠 것도 없었다. 단체의 회원인 여행사 사장이 직접 일정을 짜고 가이드 역할까지 해서 무엇보다 큰 잡음이 일어나지 않은 데다, 더구나 호준 자신은 '공짜 여행'이 아니었던가.

호준은 그런 정도에서 만족하려 했다. 어제 늦은 저녁 식사를 마치고 호텔 바에서 일행 여럿과 마지막 밤을 기념하는 뜻으로 한 잔 걸치면서 반쯤 술에 취해 "박 사장, 나 임무 완수 다했지? 나 여기 남을 테니까 먼저들 귀국해." 하던 말은 당연히 빈말이었다. 말이 씨가 된다고, 그 말이 끝나기가 무섭게 바 지배인이 다가와서 서툰 한국어로 호준을 찾았다. 베트남 주재 한국대사관에서 전화가 왔다는 것이었다. 대사관의 요청이 호준의 귀국을 늦출 만큼 강력한 것이었나 하면 그것도 아니었다. 술이 덜 깬 채로 대답을 건성으로 하고 전화를 끊었는데, 오늘 아침에 무엇엔가 쫓기듯 일어나 보니 맨 먼저 대사관 전화부터 생생하게 기억이 났다.

이건 나 혼자서 여기 더 있다 가라는 계시다.

호준은 편하게 그렇게 생각해 버렸다. 꼭 대사관의 출두 요구에 응하겠다는 마음도 없었다. 자신은 이미 어제 대사관에서 해야 할 일을 나서서 정말 땀을 뻘뻘 흘리며 처리해 주었다. 굳이 남는다면, 오늘부터는 내 마음대로 베트남 사람들 속에 끼여 한 며칠 지내면서 이것저것 되는대로 경험해 본다는 목적이었다. 어제의 호안키엠 호수만 해도 아직 남겨둔 게 많았다. 북쪽의 시장통이며 크고작은 사찰들 쪽으로는 가보지도 못했고, 전쟁 때 미군 포로수용소였다는 하노이 힐튼이라는 곳도 꼭 가보고 싶은 곳이었다. 시간에도 사람에게도 구속받지 않고 자유롭게, 전체적으로 중국 분위기를 밑바탕에 둔 프랑스풍 집들과 화단들, 호치민에 비해 훨씬 수준이 떨어지는 자본주의 도시 같으면서도 오히려 더 안정감이 느껴지는 이 하노이에서만이라도 며칠 더 유람해 보리라 생각했다.

그러나 하노이 시내로 들어오는 택시 안에서 호준은 바로 그런 똑같은 이유에서 자신의 생각을 조금 수정하기로 마음먹었다. 호준은 일단 아침에 호텔에서 알아놓은 모텔로 가닿아 짐을 두고 다시 길을 나섰다. 이번에는 잽싸게 달려오는 씨클로 기사와 제법 익숙하게 흥정을 했다. 어린 기사는 머리를 갸웃하면서 마지못해 응한다는 기색이었다. 대사관까지 가는 내내 기사는 앞에서 뭐라고 뭐라고 불만 섞인 소리를 했다.

어제의 일도 바로 이런 씨클로를 탔다가 내리면서 일어났다. 호치민 박물관에서 바딘 광장으로 나올 때 씨클로를 타면서 분명히 흥정을 하고 탔는데, 기사 말이 중간에 물을 사느라 한 번 쉬었으니까 1달러를 더 내야 한다는 것 같았다. 어디서 모여드는지 구경꾼이 꽤 있었는데, 그 구경꾼들 중에서 꾀죄죄한 몰골의 한 여자 하나가 튀어나오면서 호준의 팔을 감듯이 달라붙었다.

"살려주세요, 선생님. 저를 한국 대사관에 데려다 주십시오."

그때의 섬뜩한 기운이라니! 필시 우리말이었다. 이건 뭔가 함정이구나 했다. 씨클로 기사가 무슨 낌새를 느꼈는지 처음 준 1달러만 든 채 비실비실 뒷걸음질로 도망치더니 재빨리 씨클로를 몰고 가버렸다. 순간, 여전히 여자에게 팔 하나를 꼼짝없이 잡힌 채 체머리를 흔들어 보는 호준의 머릿속으로 표은경의 작고 하얀 얼굴이 떠올랐다.

이럴 땐 감독님이라면 어떻게 하시겠어요?

일부러 천천히 의견을 말하곤 했지만, 실은 그렇게 묻기 이전에 호준은 이미 답을 생각해 두고 있곤 했다.

오호, 역시 감독님이야! 저렇게 머리가 빨리 돌아가는 분이 어째서 지금까지 출세를 못하셨을까?

어깨를 움칠 하면서 혀를 날름 내미는 표은경을, 아직도 이처럼 미친 듯이 보고 싶을 때가 있었다.

등에 누가 버린 끈 달린 비닐가방을 맨 채, 누더기같이 된 후줄근한 남방풍 옷에 어떤 베트남 여자들보다 더 깡마른 몸을 가린 사십대 여자가 찾고 있는 곳은 한국대사관이었다. 그리고 그 억양은 얼핏 들으면 강원도 내륙 지방 말투 같은, 다름 아닌 함경도 풍이었다. 호준은 자신의 다리가 후들후들 떨리는 것을 느끼면서도 천천히 주위를 둘러다보면서, 여인의 손을 오히려 잡아당기면서 광장한 가운데를 가로질러갔다.

"괜찮아요, 안심하세요, 안심하세요."

호준의 말에 긴장이 풀리는지 팔을 붙든 여자의 팔에서 기운이 빠져나가는 것이 느껴졌다. 호준은 카메라 가방에 매달린 주머니에서 생수를 꺼내 여자에게 건넸다.

"자, 일단 이걸 마셔요. 자, 쓰러지면 안 돼요. 자, 자, 이걸 마시고……."

호준은 택시 승강장 쪽으로 가면서 주위를 살폈다. 만일 무슨 일이 발생하면 무조건 카메라를 들이대고 찍기부터 할 태세로, 마치 춤을 추듯이 여자를 이쪽저쪽으로 에워싸며 걸어갔다. 그제서야 저 멀리서 박 사장과 일행 둘이 씨클로에서 내려서 호준을 알아보고 손을 흔들고 있었다. 그 거리가 어쩌면 두만강의 이편저편처럼이나 멀어 보이던지……. 호준은 택시에 오른 뒤에야 그들에게 손짓으로 안심하라는 신호를 보낼 수 있었다.

남동생과 함께 북한을 탈출했다가 중국에서 공안에게 잡혀 북한으로 압송되던 중이었다. 차라리 죽는 게 낫다는 심정으로 강물에 뛰어들어 목숨이 붙은 자신을 추스린 여자는 일 년 만에 베트남으로 밀항하는 데 성공했다. 언어 장애가 있는 노숙자로 관광지를 떠돌며 여러 달 기회를 엿보던 여자는 이 날 극적으로 한국에서 온 한 중년사내를 붙잡고 한국대사관을 찾아가는 데 성공한 거였다. 호준은 어제 한국대사관으로 여자를 데려다주고, 밤에 또 대사관 직원과 전화통화를 하면서 여자의 이런 사연을 필연성 없는 드라마 스토리처럼 받아들였다.

"어제 진 선생이 가고 나서까지도 그런 대로 얘기를 잘하더라구요. 그런데 저녁을 먹고 나서 화장실에 다녀와서 처음에는 진 선생을 찾더라구요. 일정이 급해서 가셨다고 하니까 그때부터 갑자기 아무 말도 안 하는 거예요. 밥은 제대로 먹지 않지만 국물만이라도 마시고, 그리고 화장실 사용은 하니까 무슨 시위를 하는 것 같지는 않지만, 이거 걱정되잖아요. 이미 본국에 보고는 다 했는데……. 제가 베트남 대사관 생활 2년 만에 여섯 번째로 맞은 탈북자인데, 여자 혼자는 처음이어서 제가 흥분을 하고 있는 거나 아닌지 밤새 고민했다니까요, 허허……."

어제 만난 대사관의 최 서기관은 난감하다는 듯이 고개를 절레절레 흔들다가 스스로도 어이가 없다는 듯이 웃음을 지었다. 실은 여자의 어제 몰골은, 성적 매력은커녕 성적 징후조차 완전히 잃은 젊은 여자의 육체가 어떤 것인가를 일부러 보여주는 엑스트라 배우로나 어울릴 정도였다.

"제 귀국 일정은 대사관에서 책임지실 거죠?"

호준은 여자가 묵고 있는 대사관 내의 내빈 숙소로 가면서 짐짓 엄살을 떨어 놓았다.

"허허, 저희가 힘은 없지만, 항공편이며 숙박, 씨클로 차비 정도는 다 책임져 드려야지요. 단, 저 여자 입은 열어놓으셔야 하지 않겠어요?"

"제가 무슨 치과의사도 아니고……."

이건 다큐멘터리가 아니에요, 진짜라니까요?

표은경의 말이 생각났다.

그래, 그렇구나. 진짜니까 이건 훨씬 리얼한 다큐멘터리가 될 수 있을 거야.

어떨 때는 이렇게 진지하게 대답해 주는 편이 옳지 않았을까? 자연을 전문으로 찍지만 자신이 하는 일이란 결국 인간에 대한 것이었다는 사실을 호준은 이 낯선 땅, 아니 그리 낯설지 않아 보이는 나라에 와서, 동족의 나라를 탈출해서 다른 동족의 나라로 넘어오고 있는 한 여인의 초라고 빈약한 몸을 보면서 처음으로 느끼고 있었다.

여자는 안락해 보이는 하얀 침대에 몸에 어울리지 않게 크고 긴 남방 같은 걸 잠옷 삼아 입은 채 한 겹 홑이불을 덮고 누워 있다가 가늘게 실눈을 떠 보였다. 팔에 꽂힌 포도당 주사는 머리 뒤쪽의 행거에 연결되어 있었고, 침대 끝의 화장용 탁자 위에는 생수 한 병과 물잔, 그리고 한국에서 나오는 여성잡지 여러 종이 가지런히 쌓여 있었다. 호준은 뭔가 불길한 느낌으로 최 서기관을 돌아보았다. 최 서기관은 눈짓으로 염려 말라는 듯 침대 중간 부분에 부착된 벨트 쪽을 시선으로 확인시켜 주었다.

"자, 도영희 씨. 도영희 씨, 눈뜨시고 진 선생님 모시고 오셨으니까, 무슨 얘기든 해보세요."

자, 진 선생님 하고는 최 서기관이 밖으로 나갔고, 호준은 어쩔 수 없이 침대로 다가가 정말 익숙한 보호자처럼 여자의 손을 가만히 잡았다. 주사를 놓으려다 혈관을 찾지 못해 실패한 자국이 손등에 남아 있었다. 딱딱한 뼈가 그대로 만져지는 여자의 앙상한 손은 미온(微溫)을 전해올 뿐 별다른 감정이 담겨 있지 않았다. 호준보다는 다섯 살 아래인, 아마도 결혼을 해서 아이도 몇 있고, 어쩌면 그 아이들을 위해 부지런히 일하고 살았을 여자……. 남동생하고 탈출을 했다면 어쩌면 가족들이 먼저 탈출을 했을 수도 있을……. 머릿속에서 수많은 말들이 요동쳤지만, 정작 아무 말도 할 수 없었다.

"피곤하면 그냥 눈감고 있어도 좋습니다. 제가 없다고 생각하시고…… 저는 그냥 여기 좀 있겠습니다."

어차피 오늘은 이곳 대사관에서 저녁을 먹으면서 최 서기관의 도움을 받아 내일부터의 여행 일정을 짜보리라 마음먹었다. 호준은 살며시 손을 놓고 일어서서 창 쪽으로 걸어갔다.

창은 밖으로 열어지지 않는 튼튼한 통유리로 되어 있었다. 커튼을 젖히자 멀리 야자수들이 줄이은 대로 위를 한국글씨가 그대로 남아 있는 중고버스 한 대가 몇 대의 외제 승용차들 뒤를 달리고, 그 가로 아오자이에 삿갓 모자를 쓴 여자들 몇이 자전거를 타고 달리고 있었다. 세상은 이렇듯 마구 뒤섞이며 살아가는 것인데, 그런데, 그런데, 그 중에서 그 어떤 것, 자기 안에 두어야 할 어떤 것을 찾아내는 것에 인생의 참과 거짓의 가름이 있지 않을까. 이런 데 와서 철든 생각을 하고 있는 자신의 모습을 호준은 창 안에서 희미하게 확인했다.

감독님, 이제 철드나 봐.

며칠 술을 끊었다는 호준의 말에 표은경이 그랬다.

창 아래로는 아열대 열매를 주렁주렁 매단 분재들이 연이어진 사이로, 누가 심어 꽃을 피운 것인지 한국의 봄부터 초여름에나 필 진

달래과로 보이는 꽃들이 한 무더기씩 피어 있었다. 진달래도 참꽃도 영산홍도 만병초도 아닌, 아니, 지리산에서도 한라산에서도 백두산에서도 볼 수 있을 것 같은 저 붉은 꽃들을 갑자기 여자에게 보여주고 싶어졌다.

여자는 가끔 가수 상태에 빠졌다가 무슨 꿈이라도 꾸는 건지 퍼뜩 눈을 떴다가는 이내 다시 감기를 되풀이했다. 간간이는 눈가로 눈물이 흐르는 것을 그대로 두어, 눈물이 그대로 말라붙은 자국이 선명했다. 그러는 동안에도 호준은 도무지 무슨 말이든 건넬 수가 없어서 한국에서도 잘 보지 않던 여성잡지를 들고 이리저리 펼쳐 가며 끈질기게 침묵을 지켰다.

호준은 여성잡지에 난 화려하고 깨끗한 색감의 여체와 주방 기구와 각종 요리, 뛰어난 패션 감각, 이혼당한 여자의 통한의 수기, 여자 탤런트 수중 분만하던 날 들을 넘겨 가다가 '아이와 함께 쓰는 동화'로 게재된 글 한 편을 읽게 되었다. 한 여성 시인이 자기 아들에게 읽어 주면서 감상을 듣고 여러 번 고쳐 발표한 동화라는 편집자의 설명이 붙어 있었다. 아빠가 엄마와 다투고 집을 나갔는데, 그걸 모르고 밤마다 아빠를 기다리던 두 아들이 꾀를 써서 부모를 합치게 하는 코믹한 내용의 동화였다.

뭐해 아빠?

감독님, 오늘 동화 한 편을 읽었거든요…….

아들의 음성 위에 또 표은경의 혓바닥이 겹쳐졌다.

오늘은 어쩔 수 없이 집으로 전화를 걸어야겠다는 생각을 하면서 호준은 얼핏 여자 쪽을 돌아보았다.

"도영희 씨……."

하고 불렀을 때는 이 동화라도 들려주려는 뜻이었다. 그때 호준은 망치로 치는 듯한 통증을 느꼈다. 호준은 얼른, 보고 있던 여성지를 마구 넘기기 시작했다. 정말 뭔가 있었다. 물에 젖다가 찢기기 직전으로 몰린 듯한 흔적의 페이지였다. 호준은 그 페이지와 여자의 얼굴을 몇 차례 번갈아 보았다. 그러다가 그러다가…… 호준은 그 페이지를 소리내어 읽기 시작했다.

……서로 사랑한 남자와 여자가 결혼해서 아이를 낳았지요. 그들이 살고 있던 자신의 땅에 대해 한을 품게 되었을 때, 서로 의견이 달라 여자는 남고 남자와 아이는 떠나게 되었지요. 몇 년이 흘러도 남자는 여자를 잊지 못했지요. 남자는 끝내 여자를 데려오려고 그 땅을 찾아갑니다. 그 사이 여자도 남동생과 함께 그곳을 탈출합니다. 남자는 여자가 사는 곳을 수소문하다가 그 땅 사람들한테 붙잡혀 재판을 받게 되지요. 남자가 총살당했다는 소식을 아이는 듣지 못하고 있고, 여자의 소식은 알 수가 없습니다…….

탈북 시대가 의미하는 것들

「동화 읽는 여자」의 창작 배경

1. 탈북 현상과 '한국적 자본주의'

나는 1994년부터 소설을 발표했다. 2년 뒤인 1996년 첫 소설집(『날아라 거북이!』)을 좀 빨리 냈다. 짧은 시기에 하나의 선명한 주제와 소재 아래 묶일 만한 여러 편을 연이어 발표해온 덕분이었다. 내가 주로 다룬 것은 한국이라는 나라가 특별하게 겪고 있는 '자본주의화 과정'이었다. 나는 그것을 '한국식 자본주의'라 혼자 명명하고는 봉건과 근대, 명예욕와 출세욕, 인정주의와 개인주의, 배타성와 개방성 등이 각각으로 서로 뒤섞인 사회의 이면을 그리려 했다. 그런 삶의 현장을 내가 잘 안다고 할 수 있는 출판시장을 설정해 담아냈다.

그 시절 '탈북'이라는 소재가 불쑥 다가왔다. 이런 복잡하고 정신없는 세상으로 죽음의 고비를 몇 번이나 넘기며 찾아온 '우리 동족'이 있다는 사실! 사전적으로 이해하면 자본주의의 병폐를 극복하자며 구축된 것이 사회주의 체제인데 그 한 곳이 북한이었다. 1990년 무렵부터 이런 체제가 급격히 붕괴했는데 북한만은 아니었다. 그런 곳을 탈출해온 사람들의 눈을 빌리면 이 복잡한 자본주의의 현장이 특별한 감각으로 설명될 수 있을 것으로 생각했다.

나중에 안 일이지만 1990년대 후반 북한은 이른바 '고난의 행군'을 겪고 있었다. 많게는 수백만이 기아로 죽어간다는 소문이 널리 퍼졌다. 굶주림에서 벗어나고자 국경을 넘어 중국으로 가서 사는 사람도 부지기수라 했다. 배를 타고 월남하는 일가들이 생겨나더니 러시아 벌목공, 동독 유학생 등이 연이어 들어왔다. 이들의 국내 유입은 그 이전 정치적인 이유로 '귀순'하던 것과는 달랐다. 북한은 더이상 전인민에게 배급을 지속할 수 없는 허울 좋은 공산국가로 남아 있었다. 탈북자는 그런 공산국에서 자라온 사람으로서 삶의 터전을 온전히 자본주의 세계로 옮겨온 사람이었고 나는 그런 사람의 몸과 눈이 필요했다.

초기에는 대부분 자료에 의존했다. 언론 기사들은 당연히 빼놓지 않고 읽었고 그들이 낸 수기도 보이는 대로 다 읽었다. 잡지사 후배를 통해 북한군대에서 연극 활동을 했다는 탈북자를 만나 취재도 했다. 마침 어떤 라디오방송에서 시사 프로그램을 진행하게 되면서 매주 탈북자를 초대해 이런저런 얘기를 듣기도 했다. 방송 끝나고 가끔은 식사를 하거나 차를 마시고 얘기를 더 들었다. 북한의 문화, 언어, 풍습, 요리, 지리, 역사 등 모든 게 공부할 '꺼리'였다.

2. '탈북자 소설'의 실상

1996년 첫 소설집을 낸 직후 탈북 요리사가 주인공인 소설 「노루사냥」을 발표했다. 당시 실제로 러시아 벌목공 출신이 한국에 와서 요리사가 되어 활동한 이야기가 잡지에 났고 그 사람의 체험기가 발간되기도 했다. 그 사람을 방송에 초대해 직접 얘기를 듣기도 했다. 어느 음식점에서 북한 요리책을 빌려 공부하기도 했다. 소설은 요리학원을 경영하는 사람이 탈북 요리사를 채용해 북한요리 과정을 텔레비전 방송에 내보내는 하루를 집약적으로 묘사했다. 먹어본 적도 없는 북한 요리까지 묘사하는 데 꽤 애를 썼다. 북한 사투리를 평안도 식이 아니라 함경도 식으로 살려 실감을 보탰다.

바로 이어 쓴 소설이 「함께 있어도 외로움에 떠는 당신들」이다. 당시 탈북자들이 낸 책이 꽤 화제가 되었고 좀 팔리기도 했다. 어느 선배가 탈북자 얘기를 구술로 듣고 원고를 대필한 체험을 들려준 것으로부터 이 소설의 기본 스토리를 마련했다. 주요인물로 등장하는 탈북자는 탈북자 잡는 일을 하다가 스스로 그 경로로 탈북해 당국에서 마련해준 공공기관에서 일하고 있는 실제의 인물이 모델이었다. 그 인물을 취재해 원고를 쓰게 된 무명작가도 주인물의 하나였고, 그 책을 내게 된 출판사 사장, 그런 일을 주선한 전직 안기부 직원 등이 서로 번갈아 가며 '초점화자'가 되는 소설이었다. 그들은 '자본주의의 욕망으로 무한 질주하는 한국사회'에 환멸을 느끼는 중이었다.

그 이듬해 쓴 「세 사람」에는 북한 요리집을 경영하는 탈북자가 등장한다. 그집 단골손님이 이 음식집으로 초대해 놓은 일본여성 손님을 대신 모시고 유적 답사를 해주는 과정에서 IMF 때 몰락한 전직 방송 제작자를 만난다. 탈북자, 일본 여성, 방송제작자 이 세 사람이 번갈아가며 '초점화자'가 되면서 궁극적으로 '한국식 자본주의'의 공허상태가 부각된다. 이어 쓴 「기러기 공화국」도 다수의 '초점화자'가 중심을 이어가는 형식이다. 한 탈북자가 자신이 쓴 소설을 남한 출신 기업가에게 넘겨주고 북으로 끌려간다. 그 소설이 한 신문사의 신춘문예 추리소설 부문에 입상한다. 오래 전 남파간첩으로 동해바다로 침투했다가 난파된 배에서 나와 부산에서 비밀리에 살고 있던 사내가 이 소설을 읽고 시상식장을 찾아온다.

「끝이 없는 길」「단식」 등은 탈북 체험 자체는 아니지만 탈북을 계기로 성찰하게 된 남북문제를 좀 이색적으로 다룬 소설이다. 나는 이런 소설들은 모두 1990년대 후반에 다 썼다. 한국식 자본주의를 사회주의를 경험한 동족의 눈으로 보고 냉혹하게 그려내려는 욕심이 그렇게 이어진 것이다. 그 과정에서 탈북자의 인생살이가 남달리 주목될 수밖에 없었다. 그것은 그 자체로 이미 소설 이상이었다. 극적이고 또한 비극적이었다. 아픈 개인이었고 문제적인 남북관계의 상징이었다.

3. 주제와 소재로서의 '탈북'

탈북 체험을 다룬 국내 소설이 보다 본격적으로 주목받은 일은

2000년대 후반 들어서부터다. 정도상이 탈북 여성 '충심'을 주인공으로 한 연작단편을 발표해 소설집 『찔레꽃』을 낸 것이 2008년이었다. 그 직전 역시 탈북 여성을 주인공으로 한 강영숙 장편소설 『리나』(2006)와 황석영 장편소설 『바리데기』(2007)가 나왔다. 내 소설은 이들보다 앞선 시기였지만 단편이었고 또 덜 본격적이었다. 즉, 탈북자 혼자 온전히 주인공이 되지 못했다. 나는 그들의 북한 체험을 그릴 수 없었다. 따라서 그들의 남한 생활 역시 하나의 완전체로 입체화하기에는 힘이 달렸다. 내가 쓴 '탈북자 소설'이 대부분 탈북자 혼자 주인물이 되지 못하고 여러 주인물 중 하나가 된 이유도 거기에 있었다.

「동화 읽는 여자」(『한국소설』, 2000년 가을)는 내가 쓴 '탈북자 소설'로는 유일하게 2000년대 들어 쓴 것이다. 이 역시 탈북자는 중심인물의 하나일 뿐 주인공이라 말할 수 없다. 게다가 3개의 초점화자가 한 파트씩 담당하는 이 소설에서 어느 한 파트에서도 '주체적으로' 등장하지 않는다. 대신, 이 소설에서 겉면에 주도적으로 등장하지 않은 탈북자의 사연이 전체적으로는 소설의 상황을 압도할 만큼의 영향력을 발휘하는 형식으로 창작했다.

어린 아들(오명수)과 함께 탈북해서 한국에 정착한 한 사내(오준태)가 있다. 오준태는 여러 여자를 소개받았지만, 북에 두고 온 아내를 잊을 수 없었다. 오준태는 아이를 이웃에 맡기고 다시 월북을 감행한 상태다. 소설은 그 아이를 돌봐주고 있는 여자 강사(은경)를 중심으로 진행된다. 아이를 잘 돌보기 위해 은경은 도서대여점에서 동화책을 빌려 읽어준다. 대여점 주인 민규는 은경에게 책을 잘못

빌려준 일로 은경을 찾아가다 그 즈음 생활고로 유괴를 하고는 그 아이에게 동화책을 읽어준 유괴범을 떠올린다.

은경은 자신의 갑작스런 보모 생활에 대해 얘기할 옛 애인(진호준)을 생각한다. 얼마 전까지 은경의 애인이던 유부남인 사진작가 진호준은 베트남에 갔다가 우연히 한 탈북 여성(도영희)을 돕게 된다. 진호준의 안내로 한국대사관으로 옮긴 도영희는 하루 만에 갑자기 실어증에 걸린다. 자신의 남편인 오준태가 자신을 찾으러 다시 월북을 했다가 체포되어 총살당했다는 잡지 기사를 읽고 대사관에서 읽고 충격을 받은 것이다.

전 3장의 이 소설은 민규, 은경, 진호준이 연이어 '초점화자' 구실을 하면서 이어진다. 이 세 인물은 모두 탈북자가 아니다. 더구나 민규는 탈북이라는 소재와는 아무런 관련이 없는 인물이다. 그러나 이 소설에서 탈북은 지배적인 사실과 이미지로 소설 전체를 점유한다. 탈북은 북한의 체제 와해뿐 아니라 사회주의 체제를 붕괴시킨 막강한 자본주의 체제의 불길한 미래까지 돋보이게 하는 주제이자 그것을 극적으로 보여주는 아주 합당한 소재라는 점을 나는 특별히 인식했다.

소설의 창작과정에서 흥미로운 시사 사건도 있었다. 이 소설은 허위 기사 시비로 문제가 된 신문기사와 관련이 있다. 아내를 찾으러 북한으로 잠입한 탈북자가 실제로 있었다. 그런데 한 신문이, 그가 북한 당국에 체포되어 총살당했다는 소문을 진짜로 믿고 그대로 기사화했다. 얼마 뒤, 그는 다시 한국으로 돌아왔다. 그 기사는 결국 허위 기사인 것으로 밝혀졌으니, 내 소설도 허위 기사를 믿고 창작한 셈이라 볼 수 있겠다. 그러나 그 기사와 같은 일은 언제라도 일어날 수 있었다. 그래서 이 소설은 당연히 유효하다.

나는 이 '탈북자 소설'들을 단편집 여기저기에 실었다가 2012년 12월 한 권의 단편모음『함께 있어도 외로움에 떠는 당신들』(사람풍경)로 새로 엮었다. 인간은 모두, 함께 있어서 풍족한데도 '자본주의적'으로 욕망하는 것들로 그득 차서 끝없이 외로움에 몸을 떠는 존재들이라는 사실을 '탈북자'가 체험하는 '한국적 자본주의' 이야기로 다시금 보여주고 싶었다.

떠도는 먼지 ● 정수리

낮은 자들의 외침

1989년 『실천문학』에 소설로 등단. 장편소설 『우리 갈 길 멀고 험해도』, 소설집 『늪』 『매향리 사람들』 『아들을 위하여』 그 외 다수. 한국작가회의 사무차장, 현재 (사)한글문화연구회 이사장으로 있음.

떠도는 먼지

1.

13층 아파트에서 한 여자가 이불을 털고 있었다. 이편에서 승훈이 나타나자 하던 일을 멈추고 홱 돌아섰다. 그러고는 신경질적으로 창을 닫고 암막 커튼으로 가려버렸다.

"더러워서, 젠장."

승훈의 입에서 절로 욕이 튀어나왔다. 베란다에 더 있을 수도 없었다. 처음 마주친 게 아니었다. 족히 다섯 번은 된 것 같았다. 처음에는 그렇지 않았다. 지난여름에 그녀가 분홍색 슬립 차림으로 나온 적이 있었다. 뜻밖이라 놀랄 틈도 없는 대신 남성의 본능은 절로 반응했다. 물론 딱 거기까지였다. 그 이후 그녀는 눈에 띄게 싸늘해 보였다. 속옷 차림은커녕 베란다에 모습을 드러내는 일도 거의 없었다.

주부로는 보였으나 애가 없는 신혼이 아닌가 싶었다. 아이가 없기는 결혼 5년차인 승훈도 마찬가지였다. 가장이지만 백수 신세여서 집에 있는 일이 대부분이다 보니 여자와 부딪치는 일도 생겨날 수밖에 없었다. 그래도 승훈은 여자가 필요 이상으로 예민함을 보인다는 생각이 들었다. 속옷에 감싸인 그녀의 몸을 본 뒤로 공연히 죄책감마저 드는 자신이 억울했다. 오해를 풀고 싶었지만 여자를 무작정 찾아갈 수도 없었다.

승훈에게 일 년여 간의 실업 생활은 자신과의 힘겨운 싸움이었다. 활동적인 그가 새장에 갇힌 것처럼 매일같이 방안에만 박혀 있으려니 감옥살이와 다를 바 없었다. 베란다는 그나마 갑갑함을 해소시켜주는 유일한 장소였다. 바람도 시원하지 않고 풍광도 대단하지 않았지만 그래도 숨통을 틔울 수 있었다. 베란다에서 고개를 빼고 옆쪽을 돌아보면 저 멀리 산자락 하나가 눈에 잡혔다. 회색 동네에서 푸른 산의 귀퉁이나마 볼 수 있다는 것은 그나마 다행이었다.

하지만 미세먼지가 짙게 내리면 그 산은 지우개로 지운 듯 온데간데없었다. 볼품없는 산이긴 해도 미세먼지로 보이지 않을 땐 왠지 모르게 허전한 기분이 들었다. 만약 날씨가 쾌청해서 푸른 산이 선명하게 보이더라도 마냥 몸을 빼서 감상할 수 있는 일은 아니었다. 맞은편 아파트에서는 온갖 상상력으로 이쪽을 바라볼 것이었다. 좋은 감정보다 의심의 눈빛을 더 가질 게 틀림없었다. 맞은편 여자가 민감한 반응을 보이면서 얼마 전부터는 그 산을 보는 일은 먼 옛날 얘기가 되어버렸다. 승훈은 아파트가 갖고 있는 비밀 노출의 단점을 그대로 경험한 셈이었다. 그녀와 마주치지 않으려면 베란다에 발길을 끊는 일 외에는 아무것도 할 수 없었다. 소리 없는 전쟁을 치르는 기분이었다.

승훈은 벽에 걸려 있는 모자를 쳐다보았다. 챙이 긴 검정색 모자였다. 모자를 툭툭 털어내니 쌓인 먼지가 창가로 깊숙이 들어온 햇빛을 타고 어지럽게 피어올랐다. 모자를 쓰고 거울을 보았다. 며칠 동안 머리를 감지 않은 탓에 머리카락이 뭉치고 갈라졌다. 모자를 써도 가려지지 않은 머리가 부담스러웠다. 모자를 벗고 책상머리로 갔다. 의자에 앉아 머리를 긁적거렸다. 고개를 치켜들고 허공을 응시했다. 먼지가 햇빛을 받고 끊임없이 몸을 뒤척이기도 하고 흩어지기도 하고 어디론가 떠다녔다. 먼지들은 일정한 목적도 없이 움직이고 있었다. 승훈은 한동안 초점 없는 눈으로 먼지를 바라보았다. 먼지는 자그마한 바람에도 제 몸을 가누지 못했다. 먼지는 자신의 기력으로 할 수 있는 일이 아무것도 없었다. 주변에서 힘을 가하거나 먼지떨이로 회오리바람이 일어나면 먼지는 길가에 세워둔 키다리 고무풍선이 막춤을 추듯 제멋대로 움직였다. 승훈의 시선은 먼지가 움직이는 곳으로 따라다녔다. 시간이 흘러도 먼지는 좀처럼 사라지지 않고 떠다녔다. 승훈은 숨소리까지 죽여 가며 먼지를 건드리지 않으려고 해봤지만 먼지는 아랑곳없다. 햇빛이 창에서 멀어지기 전까지는 살아 움직일 터였다.

2.

승훈은 무슨 일이든 이치에 맞지 않는 일을 접하게 되면 자신의 소신을 분명히 밝혔다. 부당한 초과 근무, 사생활 간섭, 회식 장소에서 여직원 성추행, 가족 경조사에 금품 수수, 과장의 세차 심부름 등 회사에서 심심찮게 경험하는 일들이었다. 승훈은 이런 일에 문제 제기를 했고, 그런 일들이 쌓이면서 회사 내 왕따가 됐다. 고등학교 동창인 단짝 문길조차 행여 피해를 당할까 우려해 슬며시 거리를 둘 정도였다.

"남들은 바보라서 보고만 있는 줄 알아?"

"뻔하지. 회사에서 목 잘릴까봐 안 나서는 거겠지."

"잘 알면서 넌 왜 그래?"

문길의 속마음을 모르는 바 아니면서 승훈은 끝내 지지 않았다.

"만약 그 여자가 네 동생이라고 해도 가만히 있을 거야?"

문길은 미간을 찌푸리고 앉아 고개를 좌우로 흔들었다.

그때가 입사 3년차였다. 그나마 승훈이 입바른 소리를 해도 해고되지 않은 것은 해마다 생산 실적도 1등인 데다 신제품 개발이나 아이디어도 출중한 덕이었다. 하지만 승훈은 그것에 만족하지 않았다. 회사가 조류독감으로 전염된 닭을 유통시킨 일을 폭로하고 만 것이었다. 회사가 위기에 몰린 것은 순식간이었다. 그리고 그 여파는 승훈을 덮쳐왔다.

회사는 승훈을 해고하는 수순을 택하지 않았다. 대신 업무 지시를 내리지 않았고 회의에도 참석하지 못하게 했다. 회사 사람들도 승훈을 기피하기 시작했다. 가끔은 승훈이 듣는 데서도 승훈의 폭로가 불러온 회사의 위기를 말하는 이들이 있었다. 임금이 반 토막 난 것도 그 때문이라는 말이 이어졌다. 조만간 단행될 구조조정에서 수십 명의 사원이 옷을 벗게 되리라는 예측이 난무했다.

승훈은 하루 종일 단 한 마디도 못하고 하루 일과를 끝낸 날도 있었다. 산송장 같은 근무는 인내심의 한계를 시험하는 것 같았다. 회사는 자진 사표를 요구하는 눈치였다. 승훈은 퇴근 후에 술을 마시면서 마음을 달래는 일이 많았다. 혼자 술을 먹는 일이 없었던 승훈은 생각지도 않게 혼술을 즐기는 남자가 됐다. 회사 안팎에서 승훈은 이미 이방인이었다. 문길도 예전 같지 않았다. 연락 자체를 꺼려했고 겨우 약속을 잡더라도 핑계를 대고 일찍 자리를 뜨는 일이 많았다. 승훈은 그래도 회사의 부당한 조치가 있게 되면 1인 시위라도 하겠다며 스스로 의지를 다졌다.

한 번은 술을 먹고 귀가하던 중 어두운 골목길에서 괴한에게 습격을 당했다. 흔히 말하는 퍽치기였다. 치아가 부러지고 광대뼈가 부어올라 남들에게 구경거리가 됐다. 또 한 번은 외제차와 접촉사고가 나서 차량수리비만 5천만 원이 나와 곤욕을 치르기도 했다. 술 취한 사람에게 시비가 붙기도 하고 소매치기를 당하는 등 예상치 못한 일이 꼬리를 물고 일어났다. 승훈은 집밖으로 나가는 일이 갈수록 두려워졌다. 집밖으로 몸을 빼기만 하면 꼭 무슨 일이 벌어질 것만 같았다. 그런 중에 회사는 그에게 정직 처분을 내렸다. 회사가 정상화될 때까지 출근하지 말라는 통고였다. 하지만 6개월이 지나도록 승훈은 회사로부터 출근 명령을 받지 못했다. 이미 승훈은 해고된 것이었다.

회사는 대외적으로 공식 사과와 함께 사태를 수습하고 곧바로 정상 가동 수순을 밟았다. 그리고 그들이 꺼낸 카드는 승훈에 대한 손해배상청구였다. 열흘간 공장을 가동하지 못한 데 대한 행정 절차였다. 승훈은 부당한 처사에 항의했지만 회사 측에선 법으로 해결하겠다는 말만 반복했다.

"씨펄! 한 번 해보자. 누가 이기나."

마지못해 약속 장소로 나온 문길은 승훈의 항변에 혀를 끌끌 찼다.

"네가 법으로 대항해서 이길 것 같아? 거대 법무법인을 동원할 텐데 네가 무슨 수로 이기겠다고? 아직도 현실 파악이 안 돼?"

"안 될 게 뭐 있어? 나라를 농간했던 대통령도 탄핵해서 감옥까지 보냈는데."

"넌 혼자야. 촛불시위와 비교하지 마."

"난 할 거야, 무슨 일이 있더라도……."

"도박에서 베팅하듯 계속 몰아붙이면 넌 얼마 못 가 쪽박 차. 상대를 보고 싸워. 제발."

승훈은 무릎 꿇을 생각이 전혀 없었다. 승훈은 회사를 상대로 승리한다 해도 복직이 어렵다는 것을 잘 알고 있었다. 문길의 말대로 마지막엔 알거지가 될 수도 있었다. 그렇지만 물러선다는 것은 자신을 더 힘들게 만드는 일이라 여겼다.

그 후 승훈은 변호사 없이 회사를 상대로 법정소송을 벌였다. 결과는 참담했다. 승훈은 피켓을 들고 회사 정문에서 1인 시위를 벌였지만 가까이 다가와주는 사람이 없었다. 회사 동료들은 승훈의 마음을 이해하면서도 자칫 자신에게 불똥이 튈까봐 몸단속을 하고 있었다. 그들은 이미 남이었다. 개인의 이익이 아닌 공공의 이익을 위해 취했던 양심선언은 승훈을 막다른 골목으로 몰아갔다. 승훈은 혼자임을 알았다. 아무도 관심을 가져 주지 않는 외로운 싸움을 혼자 하고 있었다. 눈길 한 번 주는 사람이 없더라도 버티겠다는 굳은 신념도 날이 갈수록 무뎌져갔다.

승훈이 1인 시위를 철수한 것은 아내의 교통사고 때문이었다. 아내는 생활비를 벌어보겠다고 식당을 열었다. 어릴 때부터 부모를 잃고 가장으로 자란 아내는 끈질긴 생활력이 있었다. 승훈이 회사를 등지면서 이를 만회해 보겠다고 나선 터였다. 그날도 새벽 일찍 농수산도매시장에서 야채거리를 사서 집으로 오는 길이었다. 외진 횡단보도를 건너다 뺑소니차에 치어 병원으로 후송되었다. 경찰은 감시카메라를 돌려보고 목격자를 찾기 위해 수사를 했지만 뺑소니범은 좀처럼 잡히지 않았다. 하마터면 목숨을 잃어버릴 뻔한 사건이었다. 그녀는 목뼈와 무릎이 부러지는 중상을 입었다.

그 일로 승훈은 시간이 날 때마다 일자리를 구하기 위해 뛰어다녔다. 병원비를 마련하기 위해서 무슨 일이든 닥치는 대로 할 수밖에 없었다. 하지만 일자리 기회는 주어지지 않았다. 정부에서는 일자리 창출을 위해 적극 공세를 취한다고 하지만 먼 얘기였다. 블랙리스트에까지 올라 있어서 더더욱 힘든 일이었다. 승훈은 할 수 없이 알바에 눈길을 돌렸다. 신문 배달, 주유소, 전단지 배포, 이삿짐센터 등을 전전하며 푼돈을 벌었다

아내가 완쾌되지 않은 몸으로나마 식당일을 나가게 되면서 승훈

은 잠시 쉬었던 1인 시위를 다시 나갈 생각이었다. 하지만 아내는 적극 만류하는 입장이었다. 아직 완치되지 않은 몸으로 식당일을 하고 있는 아내가 안쓰러웠다. 게다가 달포 전 옆 건물에 대형 한식점이 개점하면서 손님이 뚝 끊겼다. 아내는 벌써부터 이직을 고민하는 중이었다. 대형 한식점이 들어서지 못하게 할 법적 근거가 없었다. 승훈은 이러지도 저러지도 못한 채 알바에서 손을 놓고 방에서 지루한 나날을 보냈다. 그러다 보니 승훈이 자신이 먼지 같은 존재일지도 모른다는 희한한 생각이 자꾸 들었다. 성격이 점점 예민해졌다. 어떤 그림자가 자신을 따라다닌다는 생각에 집밖 출입도 삼가게 되었다.

먼지는 아직도 제자리를 찾지 못하고 떠다녔다. 겨울은 낮 동안 햇빛을 거실 깊이 들여놓았다. 그만큼 먼지도 오래 머물렀다. 거실로 나온 승훈은 소파 옆의 전동청소기에 눈길이 갔다. 먼지를 제거하려면 청소기를 사용해야 했다. 구형청소기는 소음도 크고 빨아들인 먼지를 흡입했다가 일부를 모터가 있는 아래쪽의 환풍구로 뱉어냈다. 햇빛에 나타나는 먼지가 이를 증명하기라도 하듯 어지럽게 허공을 휘몰아쳤다. 100만 원대 돈을 투자해야 성능 좋은 청소기를 구입할 수 있었다. 승훈은 청소기보다 차라리 손으로 청소할 것을 아내에게 권유했다. 하지만 아내는 힘든 노동을 거부했다. 먼지가 나긴 하지만 손으로 하는 것보다 낫다는 것이었다.

승훈은 팔을 올려 기지개를 켜고 나서 다시 노트북에 시선을 고정시켰다. 결혼 전에 아내와 함께 커플로 샀으니 이미 5년이 넘은 것이었다. 속도도 느리고 가끔 먹통이 되기도 하지만 새로 구입할 형편이 안 돼 아쉬운 대로 사용하고 있었다. 휴대하기에는 무거워 엄두가 나지 않아서 늘 책상 위만 지키고 있는 이른바 '벽돌 노트북'이었다. 실업자가 되면서 컴퓨터를 만지는 시간이 많았다. 승훈은 생각 없이 마우스를 눌렀다. 잡념을 지우는 데는 이런 컴퓨터라도 충분히 효과적이었다. 직장을 찾기 위해 구인광고를 보기도 하고, 귀농 귀촌을 알아보기도 했다. 다큐 채널에 나오는 자연인처럼 깊은 산속으로 들어가 버릴까 하는 생각도 해보았다. 그래도 머릿속이 복잡하고 스트레스가 쌓이면 게임을 하며 시간을 보냈다. 페이스북에 올려놓은 양심선언과 1인 시위 관련 댓글을 확인하는 일도 잊지 않았다.

승훈은 창문을 열기 위해 자리에서 일어났다. 웬만큼 시간이 지났으므로 맞은편 아파트에 사는 여자가 사라졌을 것이라고 판단했다. 승훈은 죄지은 사람마냥 조심스럽게 창밖을 바라보았다. 그녀가 보이지 않자 재빠르게 창문을 열고 물러났다. 찬바람이 화살처럼 가슴으로 날아왔다. 승훈은 차가운 바람에 몸을 움츠렸다. 몸은 떨렸으나 머릿속은 상쾌했다.

아내가 퇴근한 것은 그때였다.

"환기 좀 시켰어?"

아내는 타박부터 했다. 창을 열자 찬 공기가 들어와 방 안을 채우고 있었다. 청소기를 꺼낸 아내는 한동안 말이 없었다. 승훈은 아내에게서 청소기를 뺏으려다 다시 물러나 노트북 앞에 앉았다. 청소기 소음이 차라리 모든 것을 잊게 해준다 싶었다. 모처럼 아내가 곁에서 청소하는 그 자체가 주는 평화로움에 젖어갔다. 그러나 결국 그게 아니었다.

아내가 청소를 하다 말고 갑자기 소리를 빽 질렀다.

"여기서 이러지 말고 나가서 일을 찾아보라고, 일을!"

승훈은 그런 아내를 멀뚱히 쳐다보았다. 아내 입에서 어쩌면 저런 말이 나오나 했다. 금세 누그러뜨리겠지 하고 있는데 아내 입에서 다시 발악 같은 말이 터져나왔다.

"가장이 돼서 마누라가 애 밸 틈도 없이 살게 해놓고 무슨 정의고 무슨 피해자냐고! 무슨 일이든 해서 돈을 벌어 와야 밥을 제대로 먹고 애도 배거나 낳거나 할 게 아니냐고!"

3.

—오랜만에 바람이나 한번 쐬자구!

문자를 보낸 사람은 오래 전부터 알고 지내던 인근 아파트 사진동호회 회원 석호였다. 승훈은 대학 합격 선물로 부모님에게 받은 카메라를 손에 익혔다. 가정 형편이 그런 정도는 아니었지만 그래도 승훈은 틈틈이 카메라를 들고 산과 들로 쏘다니곤 했다. 그 덕에 아내도 만날 수 있었다. 결혼하고 나서도 다른 건 몰라도 사진 취미만은 어떻게든 유지해왔다. 동호회에 가입해 출사객 무리 사이에 끼어보기도 했다. 그런 취미가 끊긴 것은 양심선언을 하고 난 뒤부터였다.

승훈은 한참을 망설였다. 승훈은 아내에게 딱 한 번만 갔다 오겠다는 약속을 하고 집을 나섰다. 오랜만에 맛보는 상쾌한 산바람에 온몸이 깃털처럼 가벼웠다. 설악산 용대리에서 개천을 따라 겨울 풍경을 담자는 석호의 제안은 마음을 설레게 하고도 남았다. 그동안 축적된 먼지를 털어내고 싶었다. 1박 2일 일정은 3년 만의 일이었다.

역시 산은 머릿속을 시원하게 만들었다. 가슴을 트이게 만드는 것은 산만큼 좋은 곳이 없었다. 공기도 신선할 뿐 아니라 몸에 쌓인 스트레스를 날릴 수 있는 최적의 장소였다. 눈은 사흘 전에 내렸지만 길이 얼어서 미끄러웠다. 차는 미리 예약해 둔 민박집 앞 경사진 비포장도로에 세워 두었다. 민박집은 마을과 500미터 이상 떨어져 있었고, 외진 곳이었다. 포장도로가 아니지만 길은 반듯한 편이었다. 두 사람은 배낭에다 삼각대를 어깨에 메고 허리를 구부린 채 산을 올랐다. 계곡을 따라 올라갈수록 은빛의 눈과 얼음이 넓게 펼쳐졌다. 승훈은 호기심 많은 아이처럼 주변을 이리저리 둘러보기도 하고 탄성을 지르기도 했다. 진작에 왜 오지 않았을까 하는 후회감이 잦아들었다.

승훈이 외출을 꺼려했던 것은 감시카메라의 영향이 컸다. 사람이 사는 곳이면 그 어디든 감시카메라가 설치되어 있다. 사람이 하루에 평균 70회 정도 감시카메라에 노출된다는 뉴스를 본 적이 있었다. 승훈은 회사와 문제가 발생하면서 감시카메라에 대한 두려움이 생겼다. 평소에 별 관심 없이 보았던 그 감시카메라가 지금은 자신을 감옥으로 몰아넣었다고 생각했다. 그런 감옥에서 벗어나 깊은 산으로 왔으니 승훈의 마음은 꽤 홀가분했다. 산이 준 위대한 선물이었다.

승훈은 오랜만에 카메라 셔터를 실컷 눌렀다. 셔터를 누를 때마다 부드러운 소리가 기분을 상승시켰다. 동호인 석호도 자기만의 앵글을 갖고 있었다. 승훈은 주로 물과 나무를 대상으로 촬영하는 일이 많았다. 승훈은 늘어진 소나무 가지를 올려다보며 셔터를 눌렀다. 바람에 눈가루가 떨어졌지만 승훈은 미동도 않고 프로다운 기질을 보여주었다. 사진을 촬영하는 동안 두 사람의 대화는 극히 제한되었다. 사물에 몰입하게 되면 여느 때와 마찬가지로 남남이 되어 있었다.

취미 활동은 마음이 어지러울 때 아주 효과적인 방법이었다. 겨울은 무소유의 정석이라고 생각했다. 어떤 욕심을 부리고 싶어도 부릴 수 없는 게 곧 겨울인 셈이었다. 자신이 원한다고 빈 가지에 잎이 돋아나지 않는 법이었다. 승훈은 하얀 자작나무 가지에 앵글을 맞추고 숨을 멈췄다. 자작나무를 통해 무소유를 상징적으로 표현해보고 싶었다. 눈과 얼음, 그리고 자작나무의 공통점은 흰색이었다. 흰색이야말로 무소유를 대변한다는 생각을 했다. 승훈은 사진을 찍으면서 자신도 무소유의 삶을 얼마나 살아왔던가를 되짚어보았다. 누굴 위해서 발버둥 치고, 누굴 위해 정의의 잣대를 갖다 댔는지……. 얼마 전 양심선언한 지난 일들이 날카로운 유리 파편처럼 날아들었다. 그 순간 심장이 벌떡 뛰었다. 국민건강을 위해 양심선언한 것이 되려 독이 되어 돌아올지 몰랐다. 정치와 역사를 볼 때도 양심선언했던 사람들은 양초처럼 자기 몸을 태워 빛을 주었다. 자기희생이 없으면 양심선언은 현실적으로 힘든 일이었다.

산은 마을보다 어둠이 일찍 찾아왔다. 두 사람은 발걸음을 재촉하여 산 아래로 내려왔다. 민박집은 단아한 펜션과는 달리 옛집을 개조해서 손님들을 받고 있었다. 집 외관은 노인 모습처럼 늙수그레했지만 방 안은 일부 개조하여 깔끔한 편이었다. 방마다 화장실을 하나씩 더 만들었다는 것을 제외하곤 이렇다 할 특징은 없었다. 현대식 건물보다 정취 어린 옛집을 그리워하는 사람들이나 값싼 맛으로 투숙하는 사람이 제법 많았다. 위치적으로 보더라도 설악산을 끼고 있어서 쏠쏠하니 작은 수입원이 됐다.

두 사람은 저녁밥을 해결하기 위해 가방과 카메라 용품을 민박집에 두고 가벼운 차림으로 마을에 내려왔다. 어둠이 짙게 내리면 별빛이 선명해질 것이고 그 시간에 맞춰 밤하늘을 촬영하기로 했다. 황태음식점이 지역경제를 부응하듯 즐비해 있었다. 두 사람은 황태찜과 소주를 주문했다. 날씨가 추워 알코올로 몸을 따뜻하게 하는 것도 나쁘지 않았다. 식당 안은 외지인으로 보이는 등산복 차림의 사람들이 삼삼오오 자리를 차지하고 있었다. 황태매운탕에서 나는 얼큰한 냄새가 식당 안에 퍼졌고, 사람들이 떠들어대는 대화 소리에 마치 시골장터에 온 듯했다. 두 사람은 오랜만에 긴장을 풀고 술잔을 부딪쳤다. 알싸하니 얼굴에 열기가 오르고 아랫배도 불기운이 도는지 뜨뜻했다. 황태머리를 씹다 말고 석호가 말했다.

"일전에 양심선언하고 어떻게 됐어?"

"어떻게 되긴. 알거지가 됐지, 뭐."

석호가 짐짓 자기 귀가 의심스럽다는 듯이 몸을 앞으로 당겼다.

"왜? 회사에서 해고라도 됐다는 건가? 설마?"

"팩트야. 제대로 항의도 못하고 비참하게 무너졌지."

"회사 직원들은 뭣하고 혼자 1인 시위를 한 거야."

승훈은 눈을 감고 고개를 좌우로 흔들었다.

"내가 바란 건 아니지만 동료들이 그렇게 비협조적일 줄 몰랐어."

"모두 제 살기 바빴구만. 하긴 그게 현실이지. 요즘 세상에 쫓겨나면 인생 절벽이니까."

석호는 전직이 경찰공무원이었다. 경찰직 공무원을 3년 동안 공부하여 합격했다. 서울 노량진에서 3년을 숙식하며 고시생처럼 생활하면서 많은 시간과 돈을 투자했다. 경찰 공무원으로 일하면서 인생의 한 고비를 넘긴 셈이었다. 없던 여자도 생겨 장가를 가서 애 둘도 가졌다. 하지만 그 행복은 오래 가지 않았다. 경장의 지시를 순진하게 따랐다가 화를 당한 것이다. 관할지역엔 유흥가가 밀집된 곳이어서 순찰 나가는 일이 많았다. 그날도 성매매 신고가 접수되면서 경찰차를 몰고 출동했다. 흔한 신고 전화여서 특별할 것도 없었다. 여태껏 성매매로 인한 처벌을 받은 업주는 단 한 차례도 없었다. 경장도 예전처럼 편안한 표정과 지나가는 말로 업무를 지시했다.

"신고가 들어왔으니 드라이브 한번 하고 와."

신고가 접수되면 출동할 수밖에 없었으므로 경장은 부하 직원에게 건성으로 지시를 내렸다. 석호는 연륜이 쌓이면서 경장이 왜 건성으로 출동하라고 하는지 알게 되었다. 경장은 집창촌으로부터 정기마다 금품을 받고 있었다. 때로는 직접 성 접대를 받기도 했다. 경장뿐 아니라 대개의 경찰 직원들은 사복을 입고 소리 없이 드나

들었다. 업주와의 암묵적으로 봐주기 식 뒷거래였다. 때로는 집창촌에서 술판을 벌이기도 하고 도박을 하기도 했다.

그러던 어느 날 경찰이 집창촌으로 순찰을 나갔다가 조사도 하지 않고 차를 돌린 사건이 있었다. 그것이 고스란히 감시카메라에 포착되었다. 집창촌 인근에 거주하던 주민이 몇 차례 신고를 했지만 전혀 개선되지 않자 이를 지켜보다 언론에 제보하면서 방송을 탔던 것이다. 그 일로 석호는 몇 동료들과 함께 옷을 벗었다. 지시를 내린 경장은 정직만 당했을 뿐 그 이상의 처벌은 받지 않았다. 꼬리 자르기로 일단락된 사건이었다. 그 후 석호는 일자리를 구하지 못해 비정규직으로 생활했다. 여러 직장을 옮겨 다니며 힘겨운 생활을 하다가 취미 삼아 카메라를 잡은 것이었다. 그러다 동호회 활동을 하면서 승훈을 만났고, 가끔 그들은 함께 사진을 찍으러 다녔다.

두 사람은 서로를 위로하듯 다시 술잔을 잡았다. 승훈은 두어 잔의 술에도 얼굴이 붉은 빛으로 물들었다. 혈액순환에 문제가 있었던 것이다. 승훈의 아버지도 심장병으로 힘든 삶을 살다가 세상을 떠났다. 승훈은 그것을 알고 폭음을 하지 않았다.

"이제 회사에 완전 백기를 든 거야?"

"와이프가 교통사고를 당해 할 수 없이 일인 시위를 그만두었지. 그래서 고민이야. 다시 나가야 할지."

"자네 마음은 이해하지만 현실은 바르게 살기가 너무 고통스러워. 웬만하면 똥 밟은 셈 치고 새로 시작해. 나도 공직 생활하다 잡일을 해보니까 이 판은 완전 사람을 개무시하는 세상이더라구. 이제 새끼도 크고 하니까 성질 죽이고 살고 있어."

두 사람이 한참 대화를 나누는 동안 주변에서 떠들던 사람들이 하나둘 빠져나가면서 다소 조용해졌다. 식당 영업 마감시간이 가까워졌다. 여직원은 안쪽부터 의자를 거꾸로 세워 올리고 바닥을 쓸고 있었다. 두 사람은 약속이라도 한 듯 자리에서 일어났다. 밤하늘을 찍기 위해서는 더 머물 수 없었다. 석호는 술꾼답게 남은 음식을 싸들고 나왔다. 밤 촬영을 마치고나서도 한 잔 해야 잠을 잘 수 있다는 거였다.

강원도의 밤하늘은 별빛으로 가득했다. 도시에서 볼 수 없던 별들의 향연이었다. 별들을 촬영하기 위해서는 카메라를 오랜 시간 두고 지켜봐야 했다. 두 사람은 삼각대에 카메라를 설치한 후 목까지 지퍼를 올리고 손은 주머니에 깊숙이 찔러 넣었다. 밤하늘은 눈을 즐겁게 만들었다. 두 사람은 하늘을 올려다보며 동심으로 돌아갔다. 승훈은 아내에게 미안한 생각이 들었다.

4.

시간이 흐를수록 별빛은 더욱 밝게 빛났고, 그 영롱한 빛은 카메라 속으로 어김없이 찾아들어왔다. 두 사람은 오랜만에 흡족한 밤을 보냈다. 석호는 식당에서 싸 온 황태 안주와 술을 마시고 취기가 올랐다. 그리고 승훈보다 한발 앞서 잠자리에 들었다. 승훈은 잠자리에 누웠지만 좀처럼 잠들지 못하고 몸을 뒤척였다. 휴대폰을 열었다. 휴대폰 불빛은 칠흑 같이 캄캄한 방안을 환히 밝혔다. 그 불빛에 석호가 깰까 봐 이불 속으로 휴대폰을 집어넣었다. 시간은 자정을 갓 넘어서고 있었다. 그때 창밖으로 인기척이 들렸다. 집 주변이 숲으로 둘러싸여 산돼지라도 출몰했나 싶었다. 실제로 산돼지가 출몰해 피해가 늘고 있다는 뉴스가 최근 심심찮게 들려왔다. 어둠의 깊이만큼 작은 움직임도 쉽게 포착되었다. 잠시 후 또 한 번 발걸음 소리가 들렸다. 한 사람이 아닌 두 명 이상의 발소리였다.

승훈은 바깥쪽으로 귀를 기울이며 누웠다. 방안에는 잠금 장치가 없어서 누군가 침범해도 방어할 능력이 없었다. 승훈은 발자국 소리가 사라지길 초조하게 기다렸다. 승훈의 바람과 달리 갑자기 문을 두드리는 소리가 났다. 승훈은 못 들은 척 가만히 있었다. 그러자 또다시 문을 두드렸다. 승훈은 불안하여 이불을 뒤집어썼다. 이제 문을 열고 들어올지 모른다는 생각에 소름이 끼쳤다. 옆에서 자고 있는 석호를 깨울지 말지 고민했다. 심장이 크게 뛰면서 두려움이 뒷머리를 타고 올라왔다. 석호의 팔을 흔들었다. 두어 번 흔들어도 잠귀가 어두운 건지 반응이 없었다. 평소 잠귀가 밝다고 호언장담하던 석호였지만 술기운에 무너진 건지 옴짝달싹도 하지 않았다. 석호를 깨워 맞서겠다는 꿈은 날아가 버렸다. 승훈은 새우등을 하고 가슴을 졸였다.

"집 앞 차주 되시면 차 좀 빼 줘요."

밖에서 들려온 말에 승훈은 안도의 숨을 내쉬었다. 사내의 음성은 낮고 조심스러운 말투였다. 승훈은 잠을 깬 시늉으로 눈을 비비고 밖으로 나왔다. 어둠 속에서 사내의 생김새는 정확히 알 수 없었지만 검은 가죽점퍼 차림에 어깨가 꽤 넓어 보였고 공손한 몸가짐이었다. 승훈은 마음을 진정시키고 옷을 고쳐 입었다. 석호는 여전히 꿈에서 깨어나지 못하고 있었다. 사내가 승훈의 마음을 안심시키려는 듯 나직한 목소리로 다시 말했다.

"늦은 밤이라 동네 사람들 깰까 봐 고민하다 찾아왔어요. 제 입장을 이해해주세요."

사내는 깍듯이 고개인사를 했고 예의 발랐다. 승훈은 사내와 약간 거리를 두고 뒤따라 나섰다. 지척이 어두워 발걸음을 조심스레 떼었다. 이럴 땐 핸드폰 불빛이 제격인데 싶었지만 방에 두고 온 모양이었다. 그래도 사내는 능숙하게 승훈을 주차장으로 이끌었다. 승훈의 발걸음도 조금 익숙해졌다. 승훈은 키를 들고 승용차로 다가갔다. 그때였다.

문을 여는 승훈은 뒤로 뭔가 섬뜩한 기운이 와 닿는 것을 느꼈다. 불길한 느낌은 기우가 아니었다. 뒤에 서 있던 사내가 갑자기 승훈의 몸을 승용차로 밀어붙였다. 곧이어 또 다른 손이 승훈의 입을 틀어막았다. 승훈은 이미 다리에 힘이 풀렸고, 사내들의 손에 질질 끌리다시피 해서 하천 옆 숲으로 들어갔다. 그들은 발걸음을 멈추자마자 가슴과 얼굴을 가격했다. 승훈은 저항 한번 제대로 못하고 폭행을 당했다.

"일인 시위? 그따위 것 한번만 더 하면 그땐 정말 끝이야, 알아?"

한 사내가 빠르게 쉿소리를 냈다.

"SNS에 사진이나 글도 올리지 말고, 응?"

승훈은 대꾸할 말도 없었고 그럴 만한 힘도 없었다. 그 사이 다른 사내의 입에서 다시 무시무시한 소리가 삐져나와 어둠을 갈랐다.

"한 번만 더 수틀린 짓 하면 그땐, 네 마누라를 여기 데려다 저 어둠 속에 처박을 거야."

승훈이 호흡을 가다듬는 사이 요란한 차 엔진 소리가 밤하늘을 갈랐다.

그동안 의심의 고삐를 놓지 않았지만 그 우려가 현실로 드러나자 온몸에 소름이 끼쳤다. 승훈은 사진을 찍기 위해 외진 곳으로 온 게 후회됐다. 사내들은 항상 기회를 엿보고 있었던 셈이다. 그들은 승훈의 일거수일투족을 감시해왔던 것이다. 양심선언 후 일련의 사건들은 우연이 아니라 결국 필연의 연속이었다. 아내의 교통사고도 그들의 공작일지 모른다. 승훈은 한참을 그 자리에 서서 앞으로 어떻게 이 매듭을 풀어야 할지 고민했다. 죽음 같은 적막감은 여전히 계속되고 있었다.

간밤에 잠을 설친 승훈은 늦잠을 잤다. 폭행으로 몸이 천 근 같았지만 견딜 만했다. 승훈이 잠에서 깬 것은 수차례 걸려온 벨소리 때문이었다. 무겁고 각진 목소리는 승훈이 거주하는 관할 경찰서 형사였다.

"형사계 이상훈입니다. 민승훈씨 맞나요?"

뜬금없는 형사의 음성에 승훈은 눈이 번쩍 뜨였다. 갑자기 몸이 위축되었다. 승훈이 떨리는 목소리로 말했다.

"그, 그렇습니다. 무, 무슨 일로……."

"이웃 주민 한 분이 민승훈 씨한테 스토킹을 당했다고 고발을 했습니다."

승훈이 반사적으로 응했다.

"아, 아뇨. 그런 일 없습니다."

"일단 한 번 출두하셔야겠습니다."

승훈은 통화가 끝나자 뒷머리가 텅 비는 것 같았다. 아무 생각이 나지 않았다. 무슨 근거로 신고를 했는지 아무리 생각해도 납득할 수 없었다.

스토킹…….

승훈은 아파트 맞은편 여자가 문득 떠올랐다. 그 여자 아니면 신고할 사람이 없었다. 지난날 그 여자가 슬립차림으로 거실로 나왔다가 맞은편에 사는 승훈에게 노출되면서 창을 닫은 적 있었다. 승훈은 그 일이 빌미를 제공했다는 생각이 들었다. 승훈은 고개를 흔들었다. 스토킹이 아님을 진술하려면 지루한 싸움이 될 것 같았다.

승훈은 턱을 더듬었다. 그제서야 간밤에 당한 폭행이 떠올랐고, 온몸이 쑤시듯 아파왔다. 아니, 아직 뭐가 뭔지 알 수 없었다. 밖에서 폭행을 당하고 어떻게 숙소로 돌아왔는지 기억이 나지 않았다. 사내들이 협박하던 말들이 머리를 맴돌았다. 그 말들이 형사가 한 말과 뒤죽박죽되어 더욱 혼란스러웠다. 언론에서 간간이 보도되던 용역업체들의 폭력사건이 떠올랐다. 어젯밤 사내들의 덩치나 말투가 바로 그런 용역업체 사람들일 게 분명했다. 그렇다면 그들은 승훈의 외박을 알고 몰래 따라와 폭행할 기회를 기다려온 것이었다.

승훈은 옆자리에서 잠자는 석호가 의심스러웠다. 경찰 직업을 가졌던 석호는 밤잠을 설치며 근무했던 일을 심심찮게 말했었다. 잠을 설치며 근무하다 보니 신경이 예민해서 깊은 잠을 잔 적이 없다고 했다. 아내가 방 문고리만 조심히 잡아도 잠에서 깬다는 석호였다. 승훈이 취하기는 했지만 문밖에서 사내가 불러내는 소리를 못 들었을 리 만무했다. 그 순간 승훈은 석호가 자신을 이곳으로 유인했을지도 모른다는 생각이 들었다. 석호가 1박 2일 체류하는 동안 숙식 전액을 대신 내준 것도 이상했다. 석호는 비정규직으로 일하고 있어서 수입이 불안정했다. 팍팍한 생활에 가장 노릇을 하면서 돈을 선심 쓰듯 쓸 형편이 아니었다. 승훈의 머릿속은 석호에 대한 의심으로 계속 꼬리를 물었다. 승훈은 단언하듯 스스로 결론을 내리고 있었다. 자신 외에는 아무도 믿을 수 없다는 것을.

승훈은 오한에 몸을 떨었다. 앞으로 어떻게 해야 좋을지 몰랐다. 석호가 사내들과 한패라는 증거는 없다. 또 간밤의 사내들은 어떻게 처리해야 할까. 그들을 신고하면 오히려 덧날 것 같았다. 1인 시위를 계속하기 위해선 그들의 말처럼 목숨을 담보해야 될지 모른다는 생각이 엄습했다. 승훈은 결심하지 못하고 멍하니 천장만 올려다봤다.

세상은 톱니바퀴처럼 돌아가고 있었다. 승훈은 그 끝에서 먼지처럼 날리는 존재였다.

"아……."

승훈은 물러설 수도, 나아갈 수도 없었다. 이대로 무너지는 게 너무 허망할 뿐이었다. 다시 제자리를 찾아가고 싶었다. 떠도는 먼지처럼 살고 싶지 않았다. 승훈은 발악하듯 이를 악물었다. 더 이상 잃을 게 없는 몸이었다.

낮은 자들의 외침

「떠도는 먼지」의 창작 배경

1. 내 삶을 구현한 문학

내게 문학은 영원한 동지이자 애인 같은 존재다. 유년 때부터 지금껏 단 한 번도 소홀하지 않았던 것 같다. 문학 외에는 달리 생각할 방법이 없었기 때문이다. 우리 식구는 아홉이었고, 부모가 맞벌이를 해도 감당이 안 되는 상황에서 돈이 드는 취미나 특기는 사치였다. 쌀이 없어 도시락도 싸가지 못하는 현실이니 사교육은 꿈도 못 꿨다. 학원을 다니기는커녕 참고서 한 권 살 돈이 없었다.

나는 여러 재주를 가지고 있었다. 아버지의 유전자를 받은 탓인지 모든 운동 종목을 섭렵했고, 거의 주전으로 활동했다. 그리고 미술에서도 발군의 실력을 보여 숱한 상을 받기도 했다. 학교 안팎에서 날더러 화가라고 부를 정도였다. 문예 부문도 미술 못지않았다. 초, 중, 고를 거치는 동안 전교 문예부장을 도맡아 했고 학교 신문이나 교지도 모두 내 손을 거쳐 갔다. 물론 성적도 항상 상위권에 있었다. 그렇지만 부모님은 공부 1등만을 원했고 예술이나 운동은 못하게 했다. 오직 공부를 잘해서 판검사가 되길 바랐던 것이다. 나는 부모님의 눈을 속이며 글도 쓰고 그림도 그리고 운동도 했다. 하지만 그 모든 것이 중학생 때 누나와 어머니가 세상을 떠나면서 자연히 정리가 됐다. 이어, 아버지가 고혈압으로 쓰러지면서 가세가 수직으로 무너졌고, 식구들은 가방끈을 놓게 되었다.

나는 일자리를 구하려고 돌아다녔다. 그 당시 내 나이로 할 수 있는 일은 아무것도 없었다. 요즘처럼 알바 같은 것도 없었기 때문이다. 내가 좋아하던 것들뿐 아니라 학교 공부까지 중단됐으니 절망 그 자체였다. 끼니조차 해결하기 어려워 이웃집에서 얻어먹는 일까지 생기면서 눈물도 참 많이 흘렸다. 고모의 도움으로 중학교는 겨우 졸업했지만 고등학교 진학은 어려웠다. 인문계가 아닌 공고에 들어간 것도 내게는 생각지 않은 진로였다. 주변 친지들은 자격증을 취득해서 돈을 벌려면 공고가 제격이라며 하나같이 목소리를 내니 어린 나는 별 수 없었다. 공고에 입학하고 가장 먼저 관심을 가진 분야가 문학이었다. 아무래도 돈이 들어가지 않을 것 같아 선택했다. 책을 구입할 돈이 없어 서점에서 시간을 보냈다. 서점에서는 나 같은 학생 고객을 좋아하지 않았다. 책만 뒤적이다 일어서면 주인은 따가운 눈총을 쏘아댔다. 나는 시내 여러 곳에 있는 서점을 돌고 돌면서 시, 소설, 평론집들을 섭렵했다. 그날 못 읽은 책은 다음날 이어서 보곤 했다.

공고를 졸업하고 회사에 취직하고도 문학을 향한 애정은 계속되었다. 회사에서는 책을 가져오지 못하게 했다. 안전사고 예방을 운운하며 일에만 집중하라는 지시를 내렸다. 나는 옷 속에 책을 감추고 다니며 몰래 책을 읽었다. 군사정권 시절의 회사 생활은 군대 그 이상이었다. 회사에 반하는 어떠한 행동도 허용치 않았다. 회사가 시키는 대로 잔업과 일요일 특근을 해야 했고, 거부하면 징계를 받거나 해고당했다. 난 회사의 부당한 조치들을 보고 겪으면서 많은 생각을 했다. 그때마다 기사를 쓰듯 현장을 기록했다. 나중에 문학작품으로 고스란히 녹여내고 싶었다. 나의 첫 소설 「파견근무」도 그렇게 해서 탄생한 작품이다.

그즈음 난 문학동인 활동을 하는 한편 사회운동가를 만나 문학이론 공부까지 하게 되었다. 그때 읽은 책들 중에는 『강철군화』, 『강철은 어떻게 단련되었는가』, 『세계철학사』, 『꽃 파는 처녀』, 『문학과 예술의 사회사』 등이 있다. 그때부터 난 어떤 문학을 해야 할 것인가에 대해 스스로 자문했다. 현장에서 노동자로 일하면서 가슴으로 느꼈던 일을 소설로 쓰고 싶었다. 소설 「떠도는 먼지」(『문학에스프리』, 2018년 봄호)도 그 당시 일이 매개가 되었다. 회사를 다니면서 바른 말을 하거나 양심선언한 사람에게 가해지는 숱한 압박을 지켜보면서 언젠가는 이 소재를 다뤄야겠다는 생각을 했던 것이다.

집은 가난했지만 부모님은 언제나 바른 정신을 가르쳤다. 나는 늘 인내하고 정의롭게 살라는 말씀을 가슴에 품고 산다. 남의 눈에 흙을 넣지 말라는 말도 잊을 수 없다. 남을 해하면 과보가 되어 내게 돌아온다는 말도 마음에 새겼다. 우리는 역사의 수레바퀴 속에서 범죄자들이 심판대에 서는 모습을 많이 보아 왔다. 하지만 여전히 우리 사회는 정의로운 사람이 제대로 된 대우를 받지 못하고 있다. 「떠도는 먼지」에 나오는 승훈처럼 고통스러운 떠돌이 삶을 사는 사람이 적지 않다. 건전한 사회로 나아가려면 바른 사람을 보듬어 줘야 한다. 이 소설을 통해 비 온 뒤 미세먼지가 사라지고 맑은 하늘을 보는 듯한 세상을 기대해본다.

2. 변혁의 1980년대와 실천적 삶

작가가 되면 꼭 이야기로 만들고 싶었던 소재는 유년 시절이다. 난 베이비부머 세대이며 고생을 먹고 자랐다고 해도 과언이 아니다. 비단 나뿐만 아니라 이 시대의 사람들은 어려움이 많았던 시절이었다. 그 어렵던 유년 시절을 글로 옮겨 내 마음을 추스르고 싶었다. 나는 고등학교 때부터 신춘문예에 관심이 많았다. 열심히 노력해서 신춘문예에 당선되고 싶었다. 아마 글을 쓰는 사람은 누구나 한 번쯤 이런 마음을 가질 것이다. 나는 신문을 구입해서 당선 작품들을 스크랩했다. 그 작품들을 읽고 나름대로 분석하기도 했다. 학교 다닐 때보다 더 열심히 연구하고 공부했던 것 같다. 공장 생활을 하면서 문학 공부를 하는 게 쉽지 않았지만 난 고집을 꺾지 않고 매진했다. 주변에서는 돈도 안 되는 짓을 한다며 조롱했지만 귀담아 듣지 않았다. 문학은 내 인생의 버팀목이었기 때문이다. 일찍이 부모를 잃으면서 가족이 해체되고, 미래의 꿈도 없는 현실에서 내가 할 수 있는 게 무엇인가를 많이 고민했다. 그런데 내가 쓰려고 했던 소재는 시대의 흐름을 타고 방향을 바꾸고 있었다.

1980년대는 격변의 시대였다. 부마항쟁, 5·18 광주민주화운동, 삼청교육대 사건, 박종철·이한열의 죽음……. 군사독재 권력이 회오리치면서 문단과 시중의 서점에도 큰 변화가 일어났다. 그 당시 나는 현장 노동자로 일하면서 문학동인 활동을 했는데 거기서 이선관 시인을 만나게 되었다. 이선관 시인은 뇌성마비 장애를 갖고 있었지만 마산의 의식 있는 터줏대감이었다. 잘 알아들을 수 없는 말을 이해하느라 힘들었지만 자주 만나 마산 부림시장 지하에서 막걸리를 마시며 세상 타령을 주고받았다. 마산문화대표이자 평론가였던 박영주 선생, 모 방송국 피디로 있던 박진해 선생을 만나 문학 외에 인문, 사회 등 여러 분야의 공부도 함께 했다. 아마 내 인생에 가장 열심히 공부했던 것 같다. 내 의식이 바뀐 것도 그들의 영향이 많았다. 그들은 내 글을 관심 있게 지켜보고 평가했다. 현장 노동자이면서 변혁운동에 힘쓰는 내 모습이 관심을 샀던 모양이었다.

나는 노동현장을 소재로 소설을 쓰긴 했지만 신춘문예에 단 한 번도 응모하지 못했다. 사회의식을 다룬 작품들은 수준과 상관없이 낙방된다는 암묵이 자자했다. 신춘문예는 반쪽 등용문이었다. 한편에서는 신춘문예 무용론까지 나돌았다. 무크지가 나온 것도 그 영향이었다. 결국 신춘문예가 아닌 『실천문학』에 작품을 내며 작가 활동에 시동을 걸었다. 평론가 채광석 선생이 내게 만나자는 제안을 해왔으나 난 그 어른을 만날 용기가 나질 않았다. 내 작품에 관심이 있었던 모양이다. 그 이듬해 내가 서울로 갔을 땐 이미 고인이 된 후였다. 지난날 만나지 못한 게 큰 후회로 남는다.

소위 등단을 한 이후에도 나는 사회문제에 대해 관심이 많았고, 이를 글로 옮기는데 많은 시간을 보냈다. 전쟁터에서는 붓 대신 총을 들어야 한다는 생각으로 사회운동에 더 많은 관심을 기울였다. 모든 것이 혹독한 군사문화로 얼룩졌던 시대다. 독재정권을 몰아내지 않으면 미래는 없었다. 난 유년시절에 겪었던 일을 소설로 옮기려는 계획을 뒤로 미뤘다. 한 편의 소설을 쓰더라도 현실의 불평등한 사회현상을 다루고 싶었다. 그 무렵 내가 다니던 회사에서 자재부장이 자재를 횡령하는 사건이 일어났다. 자재부장은 그것으로 큰형님 선거에 2억 원을 댔는데 이를 고발한 부하 직원이 해고당한 대신 자재부장은 멀쩡했다.

나도 부당하게 당한 일이 하나둘이 아니었다. 내 기술을 윗사람이 자기 것인 것처럼 상부에 보고한 일을 항의하자 연봉이 깎이고 다른 부서로 가라는 전출 명령이 떨어졌다. 회사의 갑질은 끝이 없었고 내 인내심도 한계에 달았다. 노조에 가입했고, 이후에 노조부위원장까지 올랐다. 정의로운 사람을 보호해주고 싶었다.

소설 「떠도는 먼지」도 그런 측면에서 나름 의미를 가진 작품이라고 생각한다. 나에겐 문학작품 이전에 실천적 행위가 우선이었다. 실천적 삶이 곧 건강한 작품으로 나타난다고 생각한다. 내 글들은 실천적 경험 없이 생산된 작품은 없다. 내가 문학을 하는 중요한 이유이기도 하다. 나는 이분법이나 대립 관계를 원하지 않는다. 서로 소통하고 함께 하길 원하는 쪽이다. 하지만 그 소통이 얼마나 힘든 것인가를 난 항상 피부로 느낀다. 소설 「떠도는 먼지」에서 그 현실의 벽을 보여주고자 했다. 「떠도는 먼지」에 나오는 주인공 승훈은 양심선언을 한 뒤 숱한 피해를 입어 왔다. 하지만 승훈은 절박한 상황에서 다시금 의지를 갖고 정의를 향한 실천적 삶을 살려고 한다. 승훈을 제외한 주변 인물들은 양심선언에 대한 끊임없는 방해공작을 펼친다. 카메라 동호인 석호, 폭행범 등은 회사의 공작을 수행한 인물들이다. 작법상으로는 주인공 승훈의 의지를 실험하는 인물이 되는 셈이다.

나는 승훈의 불행을 통해 현실을 극복하는 삶이 얼마나 힘든가를 보여주고 싶었다. 남이 가지 않은 길을 가는 것은 결코 쉽지 않음을……. 그리고 자신에 대한 믿음이 견고하지 않으면 살아남을 수 없음을 이야기하고 싶었다. 노동현장 경험이 있는 나는 잘 안다. 부당하고 불평등한 현실을 바꾼다는 게 얼마나 힘든지를 말이다. 불평등 요소를 소통으로 해결하고자 하지만 실제로는 참 어려운 게 현실이다. 정의롭게 사는 것이 바른 삶이지만 우리에겐 멀게만 느껴진다. 소설가 고 김정한 선생 댁에 방문한 적이 있다. 거실 벽에 표구된 문구는 아직도 내 머릿속 붙박이로 자리하고 있다.

'사람답게 살아가라! 비록 고통스러울지라도 불의와 타협한다든가 굴복해서는 안 된다. 그것은 사람이 갈 길이 아니다.'

3. 역사성에 바탕을 둔 소설

보잘 것 없는 선물에 과잉 포장하는 것을 선호하는 사람은 아무도 없을 것이다. 아무리 근사하게 포장해도 선물의 진짜 가치를 알게 되면 실망한다. 나는 문학을 하면서 그런 오류는 범하고 싶지 않았다. 일부 작가들의 작품에서 허접한 소재로 필요 이상의 묘사나 트릭을 사용하는 경우를 보곤 한다. 철학도 주관도 미미해 보이는 작품들도 많다. 소재가 빈곤한 데다 그 빈곤함을 극복하기 위해 직간접적으로 노력하지 않고 그저 머리만 굴려서 쓴 것 같은 작품도 있다. 특히 역사성을 가진 사건을 얕은 지식으로만 기술한다면 그 역시 역사에 흠집을 내는 행위로 비판을 받게 될 것이다.

언젠가 문인들 사이에서 흘러나온 말이 기억난다. '현재 일어나는 사건 사고를 다루게 되면 시빗거리가 되니 1세기 전의 얘기를 쓰는 게 걸림돌도 없고 좋다.' 오래전의 얘기를 쓰면 생존한 사람이 없어서 왈가왈부할 일이 없다는 뜻이다. 난 동의하기가 힘들었다. 쉽고 편한 길을 택하면 나 자신이 비겁할 것 같았다. 적어도 역사성에 기인한 소재는 확실히 알기 전엔 쓰지 않겠다는 생각이다. 그래서 나는 현재 일어나는 사건이나 사회문제에 관심이 많고 언제든지 비판 받을 각오를 한다. 실수를 하지 않기 위해 열심히 발로 뛰고, 경험하고, 공부해야 한다는 것이 내 신념이다.

내가 쓴 작품들은 동시대를 살아가면서 느낀 고뇌와 아픔들을 담고 있다. 그 시대의 아픔을 최대한 훼손하지 않고 작품으로 형상화하려고 노력했다. 부모님의 유지대로 인내하고 정의롭게 살고 싶었다. 가는 길이 험하고 거칠더라도 가야 할 길이라면 가야 한다. 소설 「떠도는 먼지」에 나오는 승훈은 우리 사회의 자화상이다. 양심 있는 소시민이 먼지 같은 존재로 산다는 것은 가슴 아픈 일이다. 나는 현장 경험을 하면서 인간에 대한 최소한의 예의가 무엇인지 알게 되었다. 내가 작가로 생을 보내는 동안 무엇을 써야 한다는 것도 잘 알고 있다. 큰 숲을 이루지는 못하더라도 작은 풀 한 포기가 돼서 보탬이 되고자 한다.

4. 회생의 문학

우리 역사도 굴곡이 많았지만 나 역시 편치 않은 삶을 살았던 것 같다. 돌이켜보면 유년의 원대한 꿈이 그저 꿈 그 자체로 끝났다는 생각을 하게 된다. 비단 나뿐이겠는가. 어릴 적 꿈을 이루었다는 사람은 흔치 않다. 복잡다단한 사회는 내가 원하는 대로 놓아주지 않는다. 가족 해체, 실업자, 저출산, 노령 인구의 급증, 환경문제……. 그 거친 바람을 피한다는 게 얼마나 힘든 일인가. 아무래도 이런 문제들을 방치하거나 외면할 수 없을 것 같다. 사는 동안 불합리한 모습을 너무 많이 보았기 때문이다.

10년간 노동자 생활을 하면서 경험한 일들을 소설로 다뤘다. 서울로 상경하여 작가 생활을 하면서 군사독재 정권과 맞서 싸웠고, 매향리를 답사해 보고 미군의 폭력성을 고발한 소설을 쓰기도 했다. 앞으로는 환경문제와 관련한 글을 집필하고 싶다. 문명의 발전으로 하늘과 땅, 강과 바다가 오염되어 인간뿐만 아니라 동식물에게도 큰 위협이 되고 있다. 모두가 문제점을 알지만 좀처럼 나아지지 않고 있다. 이제 환경문제는 우리의 당면 과제이며 문학도 이에 동참해야 한다는 생각이다. 그러고 보니 내가 처음 출간했던 장편 소설 제목이 떠오른다. 『우리 갈 길 멀고 험해도』가 그 소설이다. 소설 제목만큼이나 우리 갈 길은 멀고 험할 것 같은 생각이 든다. 하지만 자꾸 걷다 보면 울퉁불퉁한 길도 평평해질 것이라는 믿음을 갖고 있다.

명왕성이 자일리톨에게 ● 조영아

'왕따' 문제의 입체화

2005년 『매일신문』 신춘문예를 통해 등단. 2006년 제11회 한겨레문학상 수상. 장편소설 『여우야 여우야 뭐 하니』 『푸른 이구아나를 찾습니다』 『헌팅』을 썼고, 소설집으로는 『명왕성이 자일리톨에게』 『그녀의 경우』가 있다.

명왕성이 자일리톨에게

이백마흔아홉 번째 가위질을 하고 있을 때였다. 문득 사물의 뒷면이 앞면처럼 보이기 시작했다. 무수한 뒷면들이 한꺼번에 몰려왔다. 가위를 내려놓고 조심스레 손을 뻗었다. 뒷면들이 머뭇거리다 슬그머니 내 손을 잡았다. 그들에게도 하얗고 따뜻한 손이 있었다. 명왕성이 사람들 기억 속에서 차츰 희미해져 갈 무렵이었다.

눈을 뜨자 벽에 걸린 교복이 눈에 들어왔다. 엄마 짓이었다. 교복은 늘 반듯하게 다려져 있었다. 엄마의 소원은 내가 교복을 입고 학교에 가는 모습을 베란다에서 지켜보는 것이다. 멀어지는 내 뒤통수에 대고 "우연아, 학교 잘 갔다 와" 하고 우아한 목소리로 예전처럼 외쳐보는 게 엄마의 소원이다. 소원이 고작 그거라니. 그러니까 매일 그러고 살지. 엄마에게 소원을 바꿔보라고, 그러면 인생이 달라질지도 모른다고 말해주고 싶지만 막상 엄마 눈빛을 보면 그 말이 쑥 들어갔다. 나를 쳐다보는 엄마 눈빛은 정말이지 죽었다가 깨어나도 그것 밖에는 소원이 없다, 그러니 어서 나를 죽여 봐라,라고 애원하는 듯했다. 하지만 나는 별로 신경 쓰지 않았다. 엄마의 소원은 그것 말고도 얼마든지 많았으며 어느 것 하나 내 마음에 드는 게 없었다.

문제는 항상 남들과 다른 데서 생겨났다. 남들과 달리 삐쩍 마르고 유약한 나는 지구가 돈다는 코페르니쿠스의 가설을 온몸으로 체험하며 자랐다. 내가 느끼기에 지구는 쉬지 않고 밤낮으로 돌았다. 돌고 돌고 또 돌았다. 학교 잘 갔다 와, 손을 흔드는 엄마의 얼굴이 빙빙 돌았다. 구불구불한 골목이 빙빙 돌았다. 암내를 풍기는 고양이의 울음소리도 빙빙 돌았다. 이 곱하기 사는? 안경 쓴 선생님의 얼굴도, 식판에 수북이 받아든 카레라이스도 빙빙 돌았다. 숟가락을 놓고 밖으로 나왔다. 운동장에는 아이들이 빙빙 돌고 있었다. 시소에 엉덩이를 걸치고 앉았다. 아이들 고함 소리가 귓가에서 빙빙 돌았다. 그렇게 땡볕에 홀로 앉아 지동설을 체험하며 하루를 보냈다. 어느 누구도 내게 다가와 "왜 그래?"라고 묻지 않았다. 이 세상에 빙빙 도는 지구와 나, 딱 둘만 존재하는 것 같은 날들이었다.

지구가 돌고 있다는 가설을 가지고 싸움들이 났다. 누구는 그것 때문에 감옥에도 갔다. 목숨을 내놓으면서까지 지키려고 했던 신념이 겨우 그거라니. 내가 만약 그 시대에 살았다면 감옥에 열두 번도 더 갔을 것이다. 중학교에 들어가서도 나는 늘 혼자였다. 목련잎이 떨어지는 교정 작은 연못가에 앉아서 빙빙 돌고 있는 나무들과 아이들을 바라보았다. 하얀 교복을 입은 아이들은 끼리끼리 모여 있는 힘을 다해 빙빙 돌았다. 노란 꽃이 핀 연두색 물풀 사이로 금붕어들이 빙빙 물속을 돌았다. 역시 그 누구도 내게 다가와 "너 왜 그래?"라고 묻지 않았다.

빙빙 도는 어느 날 아이들이 연못가로 몰려왔다. 나를 둘러싸고 아이들이 돌았다. 눈을 크게 뜨고 아이들 얼굴을 살피려 했으나 워낙 빠르게 돌아서 알아볼 수 없었다. 그 중에 한 애가 내 볼을 꼬집었다. 살점이 떨어져 나갈 것처럼 아팠다.

"왜 그래?"

내가 물었다. 다른 한 아이가 발로 내 허벅지를 걷어찼다.

"왜 그러는데?"

아무도 묻지 않던 말을 내가 또 물었다. 아이들이 돌아가며 허벅지를 걷어찼다. 나는 쓰러졌다. 아이들의 발길질은 계속 되었다. 누워서 올려다본 아이들 얼굴은 작은 지구 같았다. 제 각각의 지구가 돌고 있었다. 나중에는 내가 돌고 있는 것처럼 느껴지기도 했다. 날선 햇살이 목덜미에 와 박혔다. 햇살에 찔려 죽을 수도 있겠구나. 눈을 찔끔 감았다. 그 날 처음으로 엄마에게 엄마 얼굴이 빙빙 돈다고 말했다. 엄마는 나를 데리고 병원에 갔다. 좀 더 지켜보자, 고 의사가 빙빙 돌며 말했다. 그 후로 아침저녁으로 초콜릿처럼 생긴 알약을 먹었다. 엄마는 그동안의 무심함을 회개라도 하듯 지극 정성으로 알약을 챙겨 주었다. 마치 지구의 자전이라도 막아낼 수 있을 것처럼 보였다. 하지만 엄마 얼굴은 계속 빙빙 돌고 골목길의 개

똥도 변함없이 빙빙 돌았다. 아이들도 여전히 이유 없이 나를 둘러싸고 빙빙 돌았다. 쓰러진 나는 아이들이 도는지 내가 도는지 역시 헷갈렸다. 내 입에서 더 이상 "왜 그러는데?"가 나오지 않았다. 알약을 변기 속에 쏟아버렸다. 물을 내리자 알약들이 빙빙 돌며 변기 속으로 사라졌다.

미술시간이었다. 철사를 구부려 골격을 만들고 그 위를 신문지로 감싼 다음 색종이를 잘라 붙였다. 한 손에는 가위를 다른 한 손에는 빨간 색종이를 들었다. 주위를 둘러보았다. 아이들은 자른 색종이에 벌써 풀칠을 하고 있었다. 손에 들고 있는 색종이가 빙빙 돌았다. 가위질을 할 수 없었다. 눈을 부릅뜨고 색종이를 응시했다. 빨간 색종이가 점점 크게 보였다. 세상 전체가 빨간 색종이로 보였다. 그 빨간 세상에 가위 날을 갖다 댔다. 색종이가 단숨에 베어졌다. 확대된 색종이는 어디를 조준하든 잘려 나갔다. 나는 빨간 색종이만 골라서 잘랐다. 그날 내가 만든 것은 빨간색 오리였다.

방과 후 아이들이 또 나를 둘러쌌다. 연못에는 금붕어들이 수면 가까이 올라와 숨을 쉬고 있었다. 아이들이 빙빙 돌면서 정강이를 툭툭 찼다. 가방에서 가위를 꺼냈다. 그리고 연못 속에 손을 넣어 금붕어 한 마리를 건져 올렸다. 금붕어는 은색 종이로 만들어진 것처럼 보였다. 금붕어가 사물로 보이는 순간이었다. 가위를 금붕어 가까이 갖다 댔다. 아이들이 입을 벌린 채로 빙빙 돌았다. 손에 힘을 주고 금붕어 배를 갈랐다. 그 중 한 아이 교복 위로 빨간 피가 뻗쳤다. 하얀 교복이 순식간에 붉게 물들었다. 순간 빙빙 돌던 아이들이 멈춰 섰다. 빙빙 돌던 운동장도 오동나무도 모두 그 자리에 그대로 딱 멈춰 섰다. 창자가 미어져 나온 금붕어가 바닥으로 떨어졌다. 금붕어는 팔딱거리며 죽어 갔다. 피 묻은 가위를 들고 붙박이처럼 서 있는 아이에게 다가갔다. 내 허벅지를 제일 먼저 걷어차던 애였다. 하얗게 질린 아이는 한 마디도 하지 못했다. 핏물이 든 아이의 하얀 교복을 오리기 시작했다.

"빨간 오리를 본 적 있어?"

아이가 고개를 저었다.

"내가 오늘 빨간 오리를 보여 줄게."

아이 가랑이 사이로 오줌이 흘렀다. 그 순간 신기하게도 세상은 더 이상 돌지 않았다. 나는 손에 들린 가위를 내려다봤다. 가위의 또 다른 면이 빙긋이 나를 올려다봤다. 가위의 뒷면이었다. 내가 본 사물의 첫 뒷면이었다.

엄마도 의사 선생님도 고쳐주지 못한 빙빙 돌기가 거짓말처럼 사라졌다. 가위의 뒷면에 이런 위대한 힘이 숨어 있었다니. 가위 하나만 있으면 무서울 게 없는 세상이구나. 가위 하나만 있으면 겁날 게 없는 세상이구나. 손에 들고 있던 날이 선 가위를 내려놓고, 횡격막 언저리에 보이지 않는 가위 하나를 품었다. 가슴에 얹혀 있는 가위 때문에 가끔 숨 쉬기가 불편하긴 했지만 그 정도 고통쯤이야 세상이 시도 때도 없이 빙빙 도는 거에 비하면 아무 것도 아니었다.

처음으로 가까이 세상을 불러 모았다. 도시를 불러 오고 놀이공원 옆 박물관도 불러왔다. 낡은 화집 속 마그리트의 그림들을 불러

오고 모짜르트의 피아노협주곡 20번 3악장도 불러왔다. 지구 저 반대편 이스탄불 사원도 불러오고 남극의 펭귄도 불러왔다. 마지막으로 지구와 지구 밖 우주와 이름도 없는 소행성들을 불러왔다. 비좁은 방 안이 시끌벅적해졌다. 비로소 세상을 기웃거릴 수 있게 되었다. 그건 빙빙 돌기가 사라졌기 때문에 가능한 일이기도 했다. 교복을 오리고 한반도를 오리고 아프리카 밀림을 가르는 아마존도 오리고 지구 밖 무수한 행성들을 오렸다. 그리고 뒷면을 만났다. 그 뒷면이 내게 말을 걸어왔다. 사물은 물론 생물체와 진리 그리고 명제에도 뒷면이 존재한다는 사실을 어른들은 쉬쉬했다. 뒷면은 금기가 되고 욕이 되었으며 어느 땐 암흑이 되기도 했다. 나는 우울하게 서 있는 교복의 뒷면에게 손을 내밀어 인사를 청했다.

교복을 벗는 대신 자일리톨을 씹기 시작했다. 그건 우연이나 재미가 아니었다. 남들 다 하는 거 적어도 하나쯤은 공유해야 할 것 같은 위기감 때문이었다. 그래야지 대한민국에 발붙이고 살 수 있을 것 같은 치사한 생각이 왜 들었는지는 모르겠지만. 사거리에 있는 패밀리마트에 가면 다른 것은 눈에 들어오지도 않았다. 온통 자일리톨 천지였다. 화이트 그린 핑크 옐로까지 자일리톨은 취향에 따라 골라 씹는 맛이 있었다. 자일리톨은 그렇게 대한민국 껌의 대명사가 돼 있었다. 내 손도 자일리톨로 향했다. 아무튼 나는 교복도 학교도 아닌, 진짜 별 거 아닌데도 한 세계를 평정한 자일리톨을 선택했다.

이제 세상은 빙빙 돌지 않았지만 더 이상 돌지 않는 지구를 돌려야 할 그 누군가가 필요했다. 빌어먹을. 그 힘든 일을 하려고 나서는 이는 아무도 없었다. 교복을 벗어 던지고 지구가 그려진 티셔츠를 입고 자일리톨 껌을 한꺼번에 두 개 입안에 쑤셔 넣었다. 자일리톨 껌은 왜 좀 더 크게 못 만드는 거야. 아카시아 후레쉬에서는 왜 아카시아 냄새가 안 나고 비누 냄새가 나는 거야. 그런 불만들을 껌 씹듯이 질겅질겅 씹으며 영차영차 지구를 밀기 시작했다. 지구는 다시 서서히 돌기 시작했다. 옆에서 지켜보던 교복의 뒷면이 환하게 웃으며 다가왔다. 내가 도와줄게. 이제 지구는 빙빙 도는 게 아니라 빙빙 돌리는 게 돼 버렸다.

밖에서 인기척이 났다. 자는 척 눈을 감았다. 엄마가 문을 열어보고 한숨을 쉬며 나갔다. 살그머니 눈을 떴다. 누운 채로 몸을 좌우로 흔들었다. 잘각잘각 가슴 속에서 가위가 소리를 냈다. 여느 때처럼 컴퓨터 게임을 불러왔다.

엄마는 교회에 나갔다. 내가 모든 걸 툭툭 털고 세상으로 나가게 해달라고. 다른 애들처럼 학교에도 다니고 떡볶이도 사먹고 축구도 하게 해달라고 열심히 빌었다. 제발 너 고등학교만이라도 마치게 해달라고 기도한다, 성경책을 가방에 쑤셔 넣으며 말했다. 그때 엄마의 뒷면을 보았다. 엄마의 속옷을 본 것만큼이나 미묘한 감정이었다. 그러나 곧 이성을 되찾았다. 엄마가 잠시 사물로 보였기 때문이었다. 하마터면 가위를 엄마에게 들이댈 뻔했다. 더 이상 이상한 감정은 들지 않았지만 왠지 슬퍼졌다. 비좁은 가방 속에 쑤셔 넣어지는 성경책이 슬픈 건지 엄마의 기도가 슬픈 건지 내가 슬픈 건지 구분할 수 없었다. 우린 영원히 서로의 아웃사이더로 존재할 것이다. 그런 생각이 불현듯 들었다. 그걸 인정하면 더는 슬퍼지지 않을까. 한숨을 크게 쉰 탓에 가슴에 품은 가위가 달각거렸다.

하인처럼 불려나온 게임 속 캐릭터들이 내 명령에 따라 뛰고 걷고 달리고 싸우고 울고 웃고 사랑했다. 나는 군주가 되었다가 왕이 되었다가 신이 되었다. 그곳에는 뒷면이 존재하지 않았다. 따라서 나는 인사하는 법을 잊어버렸다. 서로 인사를 안 해도 그들은 잘 살다가 죽었다. 즐겁게 살다가 생을 마쳤다. 이백여든세 번째 가위질이었다.

엄마가 출근했다. 식당에서 깍두기를 담그고 설거지를 하는 엄마는 밤늦게나 들어온다. 가끔 엄마를 게임 속 캐릭터로 불러오고 싶다. 그러면 엄마와 인사를 안 해도 재미있게 잘 살다가 죽을 수 있는데. 엄마는 출근을 할 때 혹은 퇴근해서 돌아올 때 꼭 인사를 했다. 그 인사라는 게 이랬다.

"있니?"

대답대신 팽하고 코를 풀었다. 그러니까 하루에 적어도 두 번 코를 풀었다. 어느 땐 바싹 마른 콧구멍이 아팠다. 그럴 때 마다 코끼리가 된 기분이었다. 엄마도 어쩌면 코끼리 한 마리를 키우는 게 낫다고 생각하는지도 모른다.

내가 다시 인사하는 법을 기억해 낸 건 엄마의 소원이 여태껏 내가 믿어왔던 거와는 영 딴 데 있음을 알아버린 후였다. 바로 엄마의 뒷면이었다. 너 하나만 보고 사는데, 너밖에 의지할 데가 없는데. 엄마는 툭하면 나를 들고 나왔다. 나는 엄마의 둘도 없는 창이요 방패였다. 그러나 얼마 못가 나는 내가 엄마가 사육하는 코끼리 한 마리에 지나지 않는다는 것을 알게 되었다.

코끼리를 기르는 데 특별히 주의하거나 조심해서 신경써줘야 할 일은 없었다. 하루에 두 번 마른 건초를 주고 가끔 기분이 좋을 때 냉장고에 굴러다니는 무른 사과를 던져주면 그만이었다. 그것도 귀찮으면 건초 더미 속에 코끼리를 방목하면 지가 알아서 먹을 만큼 먹고 지가 알아서 물을 마시고 똥을 쌌다. 나도 모르는 새 코끼리와 동일시되고 있었다. 그것은 슬프지도 놀랍지도 않은 일이었다. 뭘 그래, 뒷면이잖아. 또 다른 뒷면들이 입을 모았다. 대부분의 뒷면은 민망하거나 당혹스럽거나 불결했다. 그건 앞면이 주는 기대감 때문인지도 몰랐다.

엄마가 다니는 교회는 사 층짜리 회색 건물 그 맨 꼭대기에 있었다. 원래 거기에는 기수련원이 있었다. 검게 썬팅된 창문에는 정체불명의 붉은색 문양이 새겨졌고 들고 나는 사람도 보이지 않았다. 어느 날 문득 올려다보니 붉은색 문양은 온데간데없고 대신 조잡한 십자가가 보였다. 날이 어두워지기도 전 옥상의 조악한 철골구조물에 불이 들어왔다. 빛누리교회. 마치 온 세상을 굽어 살피겠다는 굳은 의지인 듯 붉은 십자가는 밤새도록 빛을 뿜어댔다. 엄마는 단 하루 쉬는 날인 일요일을 빛누리교회에 고스란히 받쳤다. 그 대가로 남자를 얻었다. 그 남자 때문에 나는 그동안 잊고 지내던 아버지를 잠깐 떠올릴 수 있었다. 그 남자는 아버지보다 키도 크고 돈도 많았다. 목사님, 목사님, 엄마는 진정한 빛을 누리듯 잠꼬대를 했다. 내가 보기에 엄마의 인생은 내가 아니라 목사님에게 달려 있었다.

일요일 아침 엄마는 소풍을 준비하는 사람처럼 들떠 있었다. 코끼리 먹이도 잊은 채 엄마는 부랴부랴 빛누리교회로 향했다. 가끔 "교회 가지 않을래?" 하고 친절하게 동의를 구했다. 그 소리는 "빛을 누리지 않을래?" 하는 소리로도 들렸다. 그럴 때마다 나는 "아뇨, 제 방에는 온 세상이 다 들었거든요." 하고 친절하게 대꾸하고 싶었다. 엄마가 누리는 빛만으로도 집안은 황홀하리만치 환해졌다. 엄마는 청소를 하고 음식을 장만했다. 생전 못 보던 음식들이 상 한가득 차려졌다. 엄마의 남자, 목사님이 오셨다. 자, 기도합시다. 목사님이 내 머리에 손을 얹고 기도를 하기 시작했다. 묵직한 손의 느낌이 꼭 코끼리 발바닥 같았다. 코끼리 발바닥을 제치고 그 자리를 뛰쳐나오고 싶었지만 침을 돌게 하는 음식 냄새 때문에 참기로 했다. 이 어린 양을 굽어 살피소서. 목사님의 기도는 구구절절 이어졌다. 잠자코 들어보니 생각보다 나의 죄는 컸고 용서 받을 것도 많았다. 널 위해 마련한 자리야, 엄마는 집을 나서는 목사님 널찍한 등짝을 하염없이 바라봤다. 그 덕에 음식을 푸짐하게 먹는 은혜를 입었지만 그 후로 내게 달라진 건 없었다. 나는 여전히 코끼리가 되어 알아서 먹고 알아서 싸고 알아서 잤다. 엄마의 뒷면은 앞면이 되고 싶어 안달이 났다. 나는 모른 척 가위질에 열중했다. 어차피 모든 뒷면은 앞면이 되고 싶은 적이 있기 마련이었다. 그래서 뒷면이었다.

이백아흔일곱 번째 가위질을 마치자 짙은 어둠이 펼쳐졌다. 그것은 곧 우주가 되었다. 버젓이 이름표를 단 제각각의 행성들이 신비하고 매혹적인 빛을 뽐내고 있었다. 문득 명왕성이 궁금했다. 그 어디에도 명왕성은 보이지 않았다. 나지막한 소리로 소행성 134340을 불러냈다. 75년 만에 행성에서 떨려난 명왕성이 거대한 몸체를 질질 끌며 나타났다. 명왕성은 까맣게 타버린 숯검정처럼 맥이 없었다.

"이제 어쩔 건데?"

명왕성을 지구와 목성 사이에 슬쩍 밀어 넣었다. 풀 죽어 있던 명왕성에 순식간에 생기가 돌았다. 그러나 명왕성은 곧 제 스스로 지구와 목성 사이에서 빠져 나오고 말았다.

"그냥, 버텨!"

있는 힘을 다해 명왕성을 다시 지구와 목성 사이로 밀어 넣었다. 정말 학교 안 갈 거니? 엄마가 매일 아침 교복을 반듯하게 다려 놓고 묻는 것과 같은 억양, 음색이었다. 엄마도 어쩌면 나처럼 "그냥, 버텨!"라고 소리 지르고 싶었는지도 모르겠다는 생각을 하면서도 나는 진심으로 명왕성이 그냥 무식하게 버텨주기를 바랐다. 누군가에게 밀려난다는 건 비참한 일이었다. 그 기분을 아는 사람이라면 "너 정말 학교 안 갈 거니" 같은 말은 절대로 하지 않을 것이다. 그 참담함을 느끼기 일보 직전에 내가 먼저 그들을 밀어 버리는 방법이 있다는 걸 명왕성은 알지 못하는 듯했다.

"그냥 저질러 버려."

언제 왔는지 교복의 뒷면이 거들었다. 기가 죽은 명왕성은 배구

공만큼이나 가벼워져 있었고 내가 죽을힘을 다해 민 까닭에 지구와 목성 사이에서 반대편으로 튕겨나가고 말았다. 튕겨나간 명왕성은 배구공처럼, 누군가가 두 손을 맞잡고 토스를 하듯 우주 공간을 오르락내리락 유영하며 서서히 멀어졌다. 그 광경은 슬프지도 쓸쓸하지도 않았다. 비굴해 보이지도 초라해 보이지도 않았다. 아름답지는 않았지만 그 비슷한 여운을 남겼다. 단물이 다 빠진 자일리톨을 뱉어 벽지 위에 붙이고 새로운 자일리톨 두 개를 꺼내 입에 넣었다.

아버지는 명왕성과 함께 사라졌다. 마치 명왕성이 행성에서 퇴출되기를 기다렸다는 듯 오로지 그것을 위해 아버지 스스로 일자리를 팽개치고 이십 년 다니던 회사를 유유히 걸어나온 듯 그에 맞추어 깔끔하게 사라졌다. 그날 밤 엄마 방에 불이 좀 오랫동안 켜 있다가 꺼졌다. 그 다음 날도 그 그 다음 날도 그 그 그 다음 날도 아버지는 돌아오지 않았다. 화장실에는 아버지가 보던 신문이 뒹굴고 있었다. 명왕성 기사가 실린 신문이었다. 역시 문제는 남들과 좀 다르다는 데 있었다. 명왕성이 다른 행성들보다 좀 더 기울었다는 게 가장 큰 의혹이었다. 바른 자세로 우아한 자태를 뽐내는 행성들 사이에서 저 혼자만 17도로 기울어져 삐딱하게 도는 게 예쁘게 보였을 리 없었다. 똥냄새보다 더한 명왕성의 굴욕이었다.

아버지가 보던 신문을 읽다가 잠이 들었다. 꿈속에서 아버지를 만났다. 아버지는 명왕성과 함께 있었다. 둘이서 소주를 마시는 중이었다. 아버지는 명왕성만큼 커져 있었고 명왕성은 아버지만큼 작아져 있었다. 둘이는 절친한 친구처럼 보였다. 남들보다 느리다는 게 아버지 퇴출의 요지였다. 아버지는 점심을 먹을 때에도 남들보다 숟가락을 늦게 내려놓았다. 회의 시간에도 남들보다 늦게 입을 열었다. 그리고 실적도 남들보다 느리게 쌓았다. 결국 아버지는 남들보다 느리다는 이유로 남들보다 빨리 짐을 싸야 했다. 일생에서 처음으로 남들을 앞지르는 순간이었다. 술이 벌겋게 오른 아버지와 명왕성은 어깨동무를 하고 지구 뒤편으로 느릿느릿 멀어졌다. 아버지와 명왕성 중 누구를 불러야 할지 난감했다. 아버지를 부르자니 명왕성이 걸리고 명왕성을 부르자니 아버지가 걸렸다. 마침내 나는 둘 다 부르기로 했다. 아버지명왕성, 명왕성아버지.

"얘가 무슨 잠꼬대를 이렇게 해."

눈을 떴다. 엄마가 성난 얼굴로 내려다보며 전화기를 건네주었다. 잠결에 전화기를 받아 들었다.

"우연아, 끄윽. 너 엄마 말 잘 들어라. 끄윽. 학교 잘 다니고. 이 아빠도 내일부터 끄윽, 출근한다. 뭐라고? 끄윽. 안 들려, 이눔아!"

아무 소리도 하지 않았는데 술 취한 아버지가 자꾸 되물었다. 아버지 말소리에 섞여 파도 소리 같은 게 밀려왔다가 멀어졌다. 아버지는 배를 탄다고 했다. 취기 오른 명왕성이 아버지 곁에서 뒹굴뒹굴 몸체를 굴려대고 있을 것만 같았다.

"명왕성도 같이 가?"

용기를 내어 입을 열었다. 뚜우. 전화가 끊겼다. 아버지는 명왕성의 퇴출이 내심 반가운 게 틀림없었다. 명왕성이 퇴출당하지 않았다면 아버지는 배를 탈 엄두도 내지 못했을지 모른다. 정말로 아버지는 아버지명왕성이고 명왕성아버지였다.

"정말 학교 안 가?"

아침이 되자 엄마의 되감기가 시작되었다. 나는 간밤의 흥분을 간직한 채 비어 버린 껌 통을 들여다보고 있었다. 껌 61g을 삼 일 만에 다 씹은 것이다. 한 통에 몇 개가 들었지? 교복을 들고 서 있는 엄마에게 하마터면 빈 껌 통을 들어 보일 뻔했다. 새 껌을 사오면 방바닥에 쏟아 놓고 몇 개가 들었는가를 헤아려 봐야겠다고 생각하고 있는데, 정말 안 가?, 엄마가 확인 사살을 했다.

"응. 그래. 좀 두고 천천히 생각해보자."

으응? 청유형? 오로지 명령형만 쓰던 엄마가 청유형을 쓰다니. 목사님의 기도 내용이 바뀌지 않고서야 저럴 수는 없었다. 아니면 엊저녁 어렴풋이 들려온 아버지의 출근 소식이 하루아침에 엄마 마음을 움직였을 수도. 엄마의 뒷면에 저런 관대함이 숨어 있을 줄은. 진작 내게 관대했다면 혹은 청유형을 썼다면 빙빙 도는 오동나무 아래 누워 있지도 빨간 오리를 오리지 않았을지도 모른다. 나는 청유형의 뒷면을 살피기로 했다. 엄마의 뒷면을 좀 더 자세히 들여다볼 필요가 있었기 때문이었다.

어찌 어찌 하자. 청유형은 고도의 속임수 전략이었다. 너 혼자가 아니라 나도 같이 동참해. 그러니 안심해도 돼. 너를 혼자 둘 생각은 절대로 눈곱만큼도 없어. 우린 너를 적어도 인식은 해. 그러니까 안심해. 우리 같이 어찌 어찌 하자. 안 그러면 …… 그 속에는 은근한 협박이 들었다. 내가 알기로 이 세상에 진정한 청유형은 존재하지 않았다. 아니 존재한다 해도 나는 아직 만나지 못했다. 천천히 생각해보자는 엄마의 말을 벽에 아무렇게나 붙여 놓은 자일리톨 옆으로 홱 던져버렸다. 엄마는 그 다음 날부터 “정말 안 가?”라고 말하지 않았다. 정말 천천히 생각하고 있는 중인 것 같았다. 나는 안심하지 않았다.

새로 산 자일리톨을 두 개 입에 넣고 씹으면서 지구를 돌리고 있는데 전화벨이 울렸다. 세 시다. 시계를 안 봐도 알 수 있다. 엄마는 항상 세 시에 전화를 걸었다. 전화를 받지 않았다. 엄마는 그 사실을 알면서도 전화를 했다. 우리의 줄다리기는 한 치의 양보도 없이 팽팽했다. 마치 팽팽함을 즐기려는 사람들 같았다. 몇 번 전화를 받은 적이 있었다.

“밥 먹었니?”

엄마는 그 한 마디를 무슨 수상소감 물어 보듯이 물었다. 밥을 먹은 소감을 묻는 건지 밥맛이 어땠는지를 묻는 건지 잠시 헷갈렸다. 나는 잠깐 침묵했다. 정말 무슨 말을 해야 되는지 몰라서였는데 엄마는 그 잠깐을 못 기다려 주고 전화를 끊어버렸다. 매번 그랬다. 나는 차츰 전화 소리에 무뎌졌다. 그 잠깐의 망설임이 싫었고 그 잠깐의 오해가 싫었다. 엄마와 내가 서로의 아웃사이더로 남을 수밖에 없는 데는 이런 사소한 엇갈림도 한몫 했다.

한참 울리던 전화벨이 그쳤다. 잠깐 지구 돌리기를 멈추고 주위를 둘러보았다. 자일리톨 두 개의 힘이 보태어졌을지 모르겠지만 이제는 내 마음대로 지구가 돈다. 가슴에 품은 가위에 푸른 녹이 나지 않는 한 지구는 내 손에 달렸다. 마루 끝에 내리꽂히는 한낮의 뙤약볕. 그 강렬함이라든지. 한밤중 혼자서 텔레비전을 보던 엄마의 굽은 등허리. 그 스산함이라든지. 나를 둘러싼 끈적하고 끈끈한 그 무엇들을 싹둑싹둑 자르고 싶었다. 그러다보면 내가 오롯이 오려지지 않을까. 세상에서 오롯이 빠져나오면 내 뒷면이 보이지 않을까. 내가 찾고 있는 건 지구의 뒷면도 아니고 엄마의 그것도 아닌 나의 뒷면이었다. 내 뒷면에는 뭐가 있을까. 슬슬 그것이 궁금해졌다. 엄마에게 물어볼 생각을 안 해본 것도 아니었다. 몇 번을 망설이다가 그만두었다. 엄마에게 물어보느니 차라리 패밀리마트 아르바이트생에서 물어보는 게 낫겠다 싶었다. 물론 그 남자에게도 물어보지 않았다. 뒷면이란 껌 사듯이 그렇게 단순한 게 아니었다. 단물이 다 빠진 자일리톨을 뱉어 벽 위에 힘껏 눌러 붙였다. 어쩌면 나의 뒷면에는 무수히 많은 단물 빠진 껌이 다닥다닥 붙어 있을지도 모른다. 이름도 없는 작디작은 혹성들이 오손도손 심지를 박고 있을지도 모른다.

"어서 잘라 봐."

그때 어디선가 낯익은 소리가 들려왔다. 주위를 둘러보았다. 사방에는 내가 오려 놓은 사물과 진리와 명제들이 제 각각 자신들의 뒷면을 드러내놓고 있었다. 그들은 하나같이 어둡고 칙칙했으며 우울해보였다. 그들은 자신들이 명왕성처럼 곧 잊힐 거라고 입을 모았다. 그 중에는 세상에 나가보지도 못한 게 더 많았다. 나 또한 다를 바가 없었다. 몸이 공중으로 붕하고 떠오르는 듯했다. 누군가 나를 배구공 토스하듯 공중으로 톡, 톡, 밀어 올려주기를 기다렸다. 그러면 명왕성처럼 우주 어느 구석으로 사라져 버리게. 그런 일은 일어나지 않았다. 참고 있던 숨을 몰아쉬었다.

“어디 한 번 잘라봐. 이제 너의 뒷면을 만나야 할 때야. 어서 잘라 보래도.”

두 손으로 귀를 틀어막았다. 나는 사물이 아니었고 진리와 명제도 아니었으므로 자를 수 없었다. 주위를 두리번거렸다. 자일리톨 통이 보였다. 통을 기울여 방바닥에 자일리톨을 쏟았다. 무궁화 꽃이 피었습니다. 무궁화 꽃이 피었습니다. 자일리톨을 헤아리기 시작했다. 방바닥 가득 무궁화 꽃이 피었다. 아버지는 바다로 출근을 했을까.

엄마의 저녁식사가 이어졌다. 아버지 전화 이후 엄마는 더 열심히 교회에 나갔다. 엄마의 기도가 한 가지 늘었다. 바다로 출근한 아버지가 무사히 육지로 퇴근하게 해달라는 것이었다. 그래도 목사님이 오는 날 맛난 음식이 차려지는 건 변함이 없었다. 내가 보기에 목사님은 여전히 엄마의 남자로 남아 있었다. 우리 집 사물들은 좀처럼 변하지 않았다. 건넌방에는 낡은 장롱과 한쪽이 내려앉은 서랍장이, 주방에는 가끔 요란한 소음을 내곤 하는 역시 오래 된 냉장고와 기름에 얼룩진 전자레인지가 고서처럼 들어앉았다. 밥통의 밥은 불가사의였다. 밥은 언제나 그만큼씩 섬뜩할 정도로 똑같은 분량이 담겨 있었다. 무심코 밥통 뚜껑을 열다가 놀라서 뒤로 물러난 적이 더러 있었다. 생각해보자던 엄마의 청유형도 여전히 유효했다. 그건 때로 지루하게 이어지는 엄마의 숟가락질 소리처럼 위협적이었다. 침묵의 뒷면에는 수많은 소리들이 숨어 있었다. 엄마는 더 강하게 윽박질렀다. 너 정말 학교 안 갈래?

엄마의 밥숟가락 소리는 무언의 시위였다. 나를 향한 못마땅한 속내가 규칙적으로 이어지는 숟가락질 소리에 담겨 있었다. 침묵이 가장 큰 무기가 될 수 있음을 난 너무 오래전에 알아버렸다. 침묵은 침묵이 아니었다. 그것은 절규였다. 나에게 그것을 가르쳐 준 건 한 톨 쌀 튀밥이었다. 엄마와 아버지가 나가고 난 뒤 집에 남은 것은 엄마가 디밀어주고 간 쌀 튀밥 한 자루뿐이었다. 나만큼 덩치가 큰 쌀 튀밥 자루를 보고 있으면 빈 집이 더 고요하게 느껴졌다. 매일 먹는 쌀 튀밥이 지겨웠다. 쳐다보지도 않던 쌀 튀밥에 손이 간 것은 빈 집이 자꾸 더 걷잡을 수 없이 비어간다는 느낌이 들 때였다. 슬며시 쌀 튀밥 봉지를 끌어당겼다. 커다란 봉지 속에 손을 디밀어 쌀 튀밥 한 톨을 집어들었다.

"말 좀 해봐. 심심해 죽겠어."

내 입김에 쌀 튀밥이 후하고 날아갔다. 또 다른 쌀 튀밥을 꺼내들고 말을 걸었다. 그러나 쌀 튀밥은 반응이 없었다. 쌀 튀밥 한 봉지를 바닥에 다 쏟아내도록 떠들었지만 집은 여전히 빈 채였다. 나는 집채만 한 침묵에 압사당하기 직전이었다. 그때 어디선가 수런거리는 소리가 들려왔다. 쌀 튀밥들이었다. 내가 떠든 이야기를 고스란히 게워냈다. 방바닥에 하얗게 깔린 쌀 튀밥에 나는 질식할 지경이었다. 침묵의 뒷면에는 무수히 많은 쌀 튀밥들이 촘촘히 박혀 있었다. 출근하지 않는 아버지는 아침을 먹고 누워 허공을 바라보며 중얼거렸다. 무궁화 꽃이 피었습니다. 무궁화 꽃이 피었습니다. 그러다가 잠이 들고. 깨어나 점심을 먹고 또 무궁화 꽃이 피었습니다. 아버지가 허공에 피워대던 숱한 무궁화 꽃. 어쩌면 아버지도 침묵의 뒷면에 박힌 그 많은 쌀 튀밥들을 하나하나 헤아렸던 것인지도. 지금도 아버지는 지구 어느 모퉁이에 누워 중얼거리고 있을지도 모른다. 무궁화 꽃이 피었습니다. 무궁화 꽃이 피었습니다. 명왕성 역시 그 옆 어딘가에 기대어 무궁화 꽃이 피었습니다. 무궁화 꽃이 피었습니다.

엄마의 숟가락질 소리가 그쳤다. 이어 물소리가 나고 그릇 부딪히는 소리가 들려왔다. 곧이어 다시 고요해졌다. 나는 자일리톨을 씹고 있었다. 내일은 일요일이다. 엄마는 아침 일찍 교회에 갈 것이다. 그리고 기도를 하겠지. 고요하던 엄마 방에서 망치질 소리가 들려왔다. 내려앉은 서랍장을 수리하는 중인지 그 소리는 한동안 이어졌다. 눈을 감은 채 늙은 코끼리처럼 뒤척거렸다. 그때 우와. 떼를 지어 몰려왔던 수많은 뒷면들이 하나둘 자취를 감추기 시작했다. 그들의 하얗고 따뜻한 손이 차츰 지워졌다. 그제야 나는 지구가 돌고 있지 않음을 알아차렸다. 단물이 빠진 자일리톨을 뱉어 벽에 붙였다. 새 자일리톨을 두 개 꺼내 입에 넣었다. 그러고는 있는 힘을 다해 지구를 돌렸다. 멈춰 있던 지구가 삐거덕거리며 돌기 시작했다. 달아나던 그런저런 뒷면들이 빙글빙글 도는 지구를 바라보았다.

"재미있겠어."

교복의 뒷면이 다가와 대열에 합류했다.

"정말 신기해."

이번에는 엄마의 뒷면이 다가왔다.

"이런 걸 어디서 배웠니."

혼잣말로 중얼거리며 슬그머니 다가온 건 아버지의 뒷면이었다.

"이걸 거꾸로 돌려보면 어떨까."

누군가가 소리쳤다. 오호. 다른 뒷면들이 동의를 했다.

"열을 세면 일제히 거꾸로 돌리는 거야. 무,궁,화,꽃,이,피,었,습,니,다."

다들 반대로 방향을 틀었다. 나는 대열에서 빠져 나왔다. 이런. 내가 아니어도 지구는 잘 돌았다. 벽에 붙어 있던 자일리톨이 바닥으로 떨어졌다. 수북이 쌓인 그것은 코끼리 분비물 같았다. 구역질이 치밀어올랐다. 자일리톨 통을 들고 베란다로 갔다. 창밖에는 어둠이 온 세상을 물들이고 있었다. 어둠 속에서 간간이 노란 불빛이 빛났다. 창문을 열고 통을 기울여 자일리톨을 쏟아버렸다. 아버지가 탄 배에 명왕성도 탔을까. 노란 불빛을 향해 빈 자일리톨 통을 힘껏 던졌다.

엄마 방에서 들려오던 망치질 소리가 그쳤다. 엄마는 이제 한 번에 제대로 열리는 서랍장을 가졌다. 소원 중에 하나가 이루어진 셈이다. 지금 엄마는 또 다른 소원을 생산하고 있을지도 모르겠다. 그리고 어느 날 못을 박듯 뚝딱뚝딱 소원을 해치워버릴 것이다. 반듯하게 다린 교복을 입고 집을 나서는 내 등 뒤에 대고 우연아, 학교 잘 갔다 와 하고 우아한 목소리로 외치게 될지도 모른다.

가슴을 살짝 기울여 가위를 꺼내 들었다. 자꾸 멀어지는 앞면을 불러오기 위해서는 뒷면이 필요했다. 뻔뻔하고 잘난 척하는 앞면들에게 그들의 뒷면을 보여주고 싶었다. 앞면은 아직껏 한 번도 자신의 뒷면을 본 적이 없었다. 자신에게 그런 게 존재하는지조차도 알지 못했다. 뒷면 또한 마찬가지였다. 지구를 돌리고 있는 건 모든 뒷면들이었다. 그 뒷면들에게 천천히 다가갔다. 속도가 너무 빨라 끼어들 수가 없었다. 누가 누구인지도 구분할 수 없을 정도로 그들은 그 일에 푹 빠져 있었다. 속도가 잦아들기를 기다렸다. 얼마 후 지친 뒷면들이 하나둘 손을 털고 주저앉았다.

그 틈을 타 가위질을 시작했다. 교복의 뒷면을 오리고 엄마의 뒷면도 오렸다. 빙빙 돌던 오동나무의 뒷면도 초콜릿 같던 알약의 뒷면도 빨간 오리의 뒷면도 목사님의 뒷면도 오렸다. 명왕성의 뒷면, 아버지의 뒷면도 오렸다. 앞면이 있는 모든 사물의 뒷면을 오렸다. 엄마도 아버지도 명왕성도 사물에 지나지 않았다. 뒷면들을 오려 낸 자리가 휑하니 뚫렸다. 코끼리 분비물처럼 쌓여 있던 단물 빠진 자일리톨로 그 구멍을 틀어막았다. 뒷면들이 사라진 자리에서 희미한 자일리톨 향이 풍겼다. 다 오려진 뒷면들이 웅성대며 나를 둘러쌌다. 다들 숨을 죽이고 나를 바라보았다. 영문을 모르는 나는 주위를 살폈다. 내가 오롯이 오려지고 있는 중이었다. 나는 사물이 되어가고 있었다. 한 옆에서는 자일리톨에 둘러싸인 지구가 기우뚱 한쪽으로 기운 채 느린 속도로 돌고 있었다.

'왕따' 문제의 입체화

「명왕성이 자일리톨에게」의 창작 배경

1. 이 소설의 창작 배경 및 동기

「명왕성이 자일리톨에게」는 2006년 웹진 『컬쳐뉴스』에 연재된 작품으로 2009년 동명의 소설집(문학과지성사)에 수록했다. 왕따를 당하는 소년과 그 가족의 소소한 일상을 소년이 '나'가 되어 1인칭 시점으로 서술한 작품이다. 남들과 다른 외모로 왕따를 당하는 '나'는 스스로를 자신만의 방에 가두고 나오려 하지 않는다. 즉 은둔형 외톨이인 셈이다. 나는 은둔형 외톨이에 대해서 늘 관심을 가지고 있었다. 은둔형 외톨이라고 하면 일반적으로 사회에 적응하지 못하는 부적격자, 신체적 결함이 있거나 정신세계에 심각한 문제가 있는 사람으로 간주한다. 하지만 꼭 그렇지만은 않다. 스스로 고립을 자처한 것처럼 보이지만 실은 저항할 수 없는 어떤 힘에 밀려 그렇게 되어 버린 경우가 많다. 그것이 그 사람의 내부적인 결함이

나 결여에서 기인한다 해도 거기에는 반드시 방문을 걸어 잠글 수밖에 없게 만드는 외압이 있다. 이것은 직접적이든 간접적이든 그 사람에게 폭력으로 작용하고 상처를 남긴다. 어쩌면 최후의 생존 방식일지도 모른다. 내가 말하고 싶은 것은 바로 이런 사람들의 이야기이다.

왕따라는 말이 지금은 흔하게 쓰이지만 내가 학교 다닐 적에는 들어보지 못한 말이다. 그때도 왕따가 없었던 것은 아니지만 왕따보다는 따돌림이라는 말을 썼다. 즉 '왕따'는 변화하는 사회현상에 의해 생겨난 신조어이다. 나는 물론 우리 부모님이 학교 다닐 때에도 따돌림은 있었다. 하지만 지금보다야 발생 빈도가 현저히 낮았고 그 심각성 정도도 지금과 같지 않았다. 지금은 태어나면서부터 왕따를 당한다는 말이 있을 정도로 빈번하게 일어나는 일이라 "누가 왕따당했데" 혹은 "누구를 왕따시켰다"하는 말이 충격적으로 다가오지 않는 게 사실이다. 그 '누가'가 '나'나 '내 가족'이 아니고서야 눈에 심지를 켜고 열을 올리는 일은 별로 없다. 그렇게 왕따는 우리 일상에 이미 깊숙이 들어와 있어 웬만해서는 그 심각성을 모르고 지나간다.

이 소설을 쓸 당시인 2006년은 1997년 IMF를 기점으로 사그라지지 않는 대량 실직과 퇴직의 바람이 사회 전반적인 분위기를 지배했다. 이와 더불어 과학계에서는 명왕성의 퇴출이 또 다른 사회 이슈로 떠올랐다. 명왕성은 1930년 미국 과학자에 의해 발견되었고 많은 사람들의 사랑을 받아온 행성이다. 그런데 그 크기가 달보다 작고 기울어진 공전 궤도가 다른 행성의 궤도를 침범한다는 이유로 발견 76년만인 2006년 8월 24일 태양계 행성지위를 박탈당했다. 이 사건은 나에게 다음과 같은 질문과 영감을 주었다. '이 세계는 무엇에 의해 움직이는가'(이는 작품 속에서 '지구를 돌린다'라는 표현으로 드러난다)라는 의문과 함께 직장에서 밀려난 가장의 이미지가 떠올랐다. 오로지 가족 하나만을 바라보며 달려왔을 가장이 하루아침에 일터를 잃어버리고 갈 곳 몰라 하는 뒷모습이 눈앞에 어른거렸다. 삶의 목적을 상실한 가장의 모습은 졸지에 행성의 지위를 박탈당한 명왕성의 처지와 오버랩되어 나의 영감을 자극했다.

이 세계를 움직이는 질서는 과연 정당한 것인지. 옳고 그르고 아름답고 추하고 등등 그것을 가르는 기준은 과연 무엇인가. 눈에 보이는 것만 중요시하는 사회풍조도 한몫 거들었다. 이러한 고민이 이 소설을 쓰게 된 배경이자 동기이다.

2. 이 소설을 통해 말하고자 하는 것

이 소설의 큰 맥락은 '왕따'와 '뒷면'이다. 여기서 말하는 뒷면이란 눈에 보이지 않는 그 무엇을 말한다. 우리는 사람을 대하거나 사물을 보거나 어떤 상황에 직면했을 때 자신도 모르게 작동하는 편견이나 잣대를 가지고 있다. 이 때문에 그 사람 혹은 사물, 상황의 진정성을 놓치고 마는 경우가 종종 있다. '나'는 학교에서 친구들에게 왕따를 당하고 아버지는 회사에서 퇴출당한다. 엄마만이 제대로 된 사회생활을 이어나간다. 하지만 그 속내를 들여다보면 엄마가 교회에 나가는 것은 진정한 신앙심 때문이 아니다. 왕따를 피하기 위한 방어 수단일지도 모른다.

왕따는 특정한 인물의 생각이나 행동 혹은 외모 등이 어떤 다수의 세계 질서에 위배되거나 맞지 않는다고 판단했을 때 다수가 소수를 제압하는 행동양식이다. 실제로 왕따는 아무 이유 없이도 발생한다. 왕따의 심각성은 다수가 소수를 억압하는 데 있다. 나와 너 사이에서는 왕따라는 말이 성립되지 않는다. 다수의 번듯한 행성을 위해 삐딱한 명왕성을 삭제해버리는 것도 같은 맥락으로 읽을 수 있다. 그렇다면 왕따당한 이들이 살아남는 법은 무엇인가. 이 소설에서 자기가 속한 사회나 그룹에서 왕따를 당하거나 퇴출당한 사람들은 자신만의 세계로 빠져들어 스스로를 유폐시킨다. '나'는 가위질이라는 행위로, 아버지는 원양어선을 타고, 엄마는 거짓 신앙의 세계로 빠져든다. 이것은 그들이 갈구한 행위가 아니다. 어쩔 수 없이 내몰려서 그렇게 된 것이다.

이 소설에서 '나'는 왕따를 당한 것에서 머무르지 않고 '나'의 뒷면을 끝없이 갈구한다. 이것은 남이 보지 못하는 나의 진정성을 찾기 위한 몸부림이며 상처를 극복하기 위한 시도이다. 뒷면이란 사물에게나 해당되는 말이다. '나'는 모든 물질세계와 현상을 사물로 인식하고 가위질을 멈추지 않는다. 이것은 왕따라는 폭력으로부터 도망 나온 결과 '나'가 할 수 있는 일은 결국 뒷면을 보기 위한 것, 즉 사물이 되어가는 것임을 뜻한다. 왕따와 같은 폭력은 인간을 사물로 인식했을 때 벌어질 수 있는 일이라는 점을 말하고 싶었다.

3. 이 소설을 위한 특별한 작업

이 소설을 기획할 당시 명왕성이 행성에서 퇴출당했다. 내가 볼 때 명왕성 퇴출 사건은 일종의 왕따였다. 그래서 왕따 이야기를 하면서 자연스럽게 명왕성 이야기를 끌어왔다. 이야기를 무겁지 않게 끌고 가고자 중학교 저학년 정도의 남자 아이 시선을 빌어 왔다. 비스듬히 기울어진 채 느리게 도는 명왕성의 이미지를 차용해 작품의 전체적인 분위기를 만들었다. 유약한 '나'의 병인 어지럼증을 '모든 만물이 빙빙 돈다'고 표현한 것도 이와 같은 이유에서이다. 무엇보다 쉽고 단순하게 쓰고자 했다.

사실적이고 구체적인 스토리에 머무르기보다 현실을 뛰어넘는 환상기법을 차용해 장면 하나하나를 이미지화하려 했다. '나'가 사물들의 뒷면을 오린다거나 아버지가 명왕성과 술을 마신다거나 하는 행위들이 바로 그런 예이다. 또한 왕따로 상처 받은 '나'를 혼자만의 세계에 갇힌 것으로 묘사하면서 우주와 사람과 사물을 동일선상에 놓았다. '나'는 우주밖에 존재하기도 하고 지구를 밀기도 한다. 이러한 만화적인 상상력을 동원해 상처 입은 '나'의 정신세계를 드러내고자 했다. 이는 또한 모든 만물간의 경계를 지워버림으로써 그 누구든 그 무엇이든 절대 우위에 있을 수 없다는 것을 암시한다.

피해자 혹은 약자의 대변으로 명왕성을 끌어왔다면 자일리톨 껌은 이와 대척점에 있는 상징이다. 그 당시나 지금이나 자일리톨은 껌의 대명사이다. 원래 '껌'은 대우 받는 위치에 있지 않다. "어디서

껌딱지 같은 게", "껌이나 씹어!" 하는 말에서 볼 수 있듯이 껌은 하찮은 물건이다. 자일리톨 껌이 유행하게 된 데는 여러 요소가 있다. 기존의 껌과 다른 형태와 포장이 우선 눈에 띈다. 거기다가 자일리톨이라는 생소하면서도 세련된 어감에서 풍기는 뉘앙스가 덧붙여졌다. 가장 결정적인 것은 자일리톨이 치아에 좋다는 대대적인 선전효과였다. 대중의 심리를 잘 파고 든 홍보효과로 자일리톨은 껌의 선두주자로 자리매김했다. 내가 이 소설에서 자일리톨 껌을 차용한 것은 이런 표면적인 이유도 있지만 껌의 속성을 고려한 것이 제일 크다. 껌은 처음에 단맛이 나지만 단물이 빠지고 나면 쉽게 버려진다는 점이다. 이것이 껌의 뒷면이다.

뒷면은 우리가 보지 못하는 사물의 속성이나 삶의 진리 같은 것이다. 문제는 보지 못하는 게 아니라 보지 않으려 한다는 데 있다. 인간이든 사물이든 모든 만물은 하나의 성질만 가지고 있지 않다. 하지만 우리는 가장 예쁜 것, 가장 멋있는 것, 가장 좋은 것, 가장 그럴듯한 것만 보려고 한다. 그렇기 때문에 왕따 같은 일도 생기고 퇴출도 서슴지 않는다. 나는 이것을 중학교 남자 아이의 시선에 맞게 '뒷면'이라는 다소 만화 같은 표현을 빌려 드러내고자 했다. 아이의 입장에서 보면 앞면과 뒷면은 아주 단순한 문제인 것이다.

4. 이 소설을 쓰고 나서

좀 더 입체적인 작품이 되지 못한 게 아쉽다. 이를테면 아버지의 경우 퇴출당한 당시의 상황만 드러날 뿐 그 이전의 의식과 생활은 거의 언급이 없다. 애초에 '나'의 왕따에 초점을 맞추고 이야기를 진행하다가 놓친 부분일 것이다. 변명 같지만 청탁을 받고 제한된 시간 내에 작품을 쓰다 보니 아쉬운 점이 많이 생겼다.

가능하면 이 소설의 이야기에서 더 나아가 퇴출당한 아버지 이야기를 써 보고 싶다. 퇴출당했지만 씩씩하고 유쾌하게 잘 살아가는 아버지의 이야기, 즉 뒷면 이야기를 써 보고 싶다. 대개의 질서는 앞면으로 결정된다. 그래서 왕따와 같은 일이 생겨나는 것이다. 그렇다면 뒷면의 입장에서 보면 이 세상과 이 세계를 구성하는 질서는 어떻게 보일까. 왕따를 당한 사람이 자기 방식대로 자기가 속한 세계를 왕따 시키는 이야기도 나름 의미가 있을 듯하다.

아니면 왕따를 시킨 가해자의 편에서 이야기를 해보는 것도 흥미로울 것 같다. '나'에 의해 교복을 잘린 아이, 혹은 명왕성 때문에 궤도를 침범당한 행성의 입장이라든가 아버지를 퇴출시킨 회사 간부의 변명을 들어보는 것도 재미있을 듯싶다.

아웃 오브 룸비니 ● 해이수

체험과 성찰을 통한 자아완성의 길

2000년 『현대문학』 중편 부문으로 등단하여 소설집 『캥거루가 있는 사막』과 『젤리피쉬』, 장편소설 『눈의 경전』과 『십번기(十番棋)』가 있다. 심훈문학상, 한무숙문학상, 오늘의 젊은 예술가상 등을 수상했다.

아웃 오브 룸비니

The Way to Lumbini

네팔의 남부 소도시 부트왈(Butwal)에서 바이러하와(Bhairahawa)까지 가는 미니버스 뒷좌석에서, 당신은 불안을 느꼈다. 빈 공간이 보이지 않을 정도로 미니버스는 초만원이었다. 그런데도 차장은 정거장마다 승객을 꾸역꾸역 더 밀어 넣었다. 불평을 하거나 짜증을 내는 네팔 인은 한 명도 없었다. 누군가 품에 안고 탄 염소가 간혹 애처롭게 울어댔다. 천장 위에도 예닐곱의 사내와 짐이 주렁주렁 매달려 있었다.

당신의 불안은 타이어가 금방이라도 터져 버스가 길바닥에 퍼져버릴 것 같다는 염려 때문이 아니었다. 옆 사람과 끼어 앉느라 어깨를 잔뜩 웅크린 불편한 자세로 몇 시간을 더 버텨야 할지 막막해서도 아니었다. 울퉁불퉁한 비포장도로를 달리느라 엉덩이가 얼얼

하고 무릎에 놓인 이십 킬로그램의 배낭 탓에 다리에 마비가 오는 건 견딜 수 있었다. 열어놓은 창으로 끝없이 들이치는 뿌연 흙먼지는 참을 만했다.

당신의 불안은 아주 중요한 발표 과제를 마치지 못한 채 선생님을 마주하는 낙제생의 마음과 흡사했다. 강의실에서 당신은 그런 학생들을 극도로 싫어했다. 학생의 본분을 망각한 무책임한 행동임과 동시에 커리큘럼의 진행을 방해하고 동료의 알 권리를 침해하는 악행으로 간주했다. 게다가 당신은 상습적으로 지각을 일삼거나 리포트의 마감 기한을 지키지 않는 태만아들도 미워했다. 그런데 어느덧 당신은 당신이 그토록 혐오하는 인간 부류의 주인공이 됐다는 자괴감에서 헤어나올 수가 없었다.

두 달 전, 당신은 생명과 자연을 다루는 잡지에서 청탁을 받았다. 창간 20주년 기념 특별 기획 원고였고 필진 또한 쟁쟁했다. 애독하던 유력지에서 청탁이 왔다는 사실에 당신은 기뻤고 매력적인 여성 편집장에게 감사의 카드를 보냈다. 그러나 글쓰기를 미루고 미루다가 마침내 룸비니 가는 길 위에서 마감을 맞이하고 말았다. 청탁의 주제는 장황했지만 '한 생명의 무게란 어느 정도인가?'로 요약됐다. 너무 엄숙한 주제 탓인지 쓸 엄두가 나지 않았다. 이성적으로 정리하려 할수록 오히려 혼란만 가중됐다.

도대체 한 생명의 무게란 어느 정도란 말인가? 당신은 그 주제를 떠올리자 손톱을 세워 머리칼을 움켜쥐었다. 지구상의 온갖 생명마다 무게가 다를 텐데 그게 어느 정도인지 당신은 알 턱이 없었다. 불가(佛家)의 지난한 화두 같기도 하고 고난도의 바칼로레아 논

술 문제 같기도 했다. 지난 두 달간, 당신의 고민은 쓰기 싫은 게 아니라 정말 잘 쓰고 싶지만 무슨 내용을 어떻게 쓸지 알 수 없다는 데에 있었다. 시간이 흐를수록 그것은 단순한 원고의 의미를 넘어 당신의 능력을 가늠하는 테스트로까지 변모했고, 끝내 당신의 지적 자존심에 금이 가게 만들었다.

머리칼을 쥐어뜯던 당신은 손목시계의 유리를 손끝으로 매만졌다. 시계의 바탕에는 당신이 졸업한 외국 대학의 마크 아래 'Honour of Essay'라는 문구가 새겨져 있었다. 각국의 국비 유학생들이 주로 등록하는 대학원 예비과정에서 최고의 에세이 점수를 받은 한 사람에게만 수여하는 명예였다. 당신은 그 과정을 졸업하던 날, 대표로 스피치를 하고 부상으로 이 시계를 선물 받았다. 그리고 이를 마치 훈장처럼 여기며 지난 오 년 동안 하루도 빠짐없이 차고 다녔다. 학위를 마칠 때까지 외국인들과의 경쟁 속에서 당신을 지켜준 자존심의 표지였다. 당신의 분침은 남들보다 십 분이 빨랐다.

오래 달리지 않아 버스가 바이러하와에 도착했다고 차장이 소리를 치자 승객들이 길을 열어줬다. 차장은 당신에게 여기서 룸비니행 버스로 갈아타라고 했다. 그러나 미니버스가 매연과 먼지를 일으키며 사라지자 당신은 당혹스러웠다. 거리에는 자동차가 한 대도 보이지 않았던 것이다. 함께 내린 젊은 남자는 '번다(파업)'가 일어나 모든 교통편이 중지됐다고 했다.

아무런 표지판도 없고 작은 공터에 불과한 시외버스 정류장으로 걸어가자, 약 사오십 명의 릭샤꾼들이 당신을 겹겹이 에워쌌다. 되약볕에 그은 까만 얼굴에 포도알만 한 눈동자로 당신을 훑어보며 그들은 하나같이 '어디로 가느냐?'고 물었다. 간혹 거칠고 투박한 손들이 당신의 배낭과 짐을 끌어당기는 바람에 실랑이를 벌여야만 했다. 손님은 한둘뿐인데 주변에는 릭샤꾼만 족히 백 명은 되어 보였다.

"룸비니로 가는 버스 있어요?"

버스 정류장에서 일하는 직원을 간신히 찾아서 당신은 물었다.

"오늘은 없소, 번다 때문에."

"그럼 번다는 언제 끝나죠?"

"아마도 내일 아니면 모레 ……. 그건 아무도 모르오."

직원이 냉담하게 돌아서자 다시 릭샤꾼들은 당신을 둥글게 에워싸며 산발적으로 외치기 시작했다.

"룸비니, 삼백 루피!"

"이리 오세요! 룸비니 가요!"

"삼백 루피! 어서 타세요!"

지역 버스를 타고 오면서 당신은 보통 많으면 칠십 루피, 적으면 삼십오 루피를 교통비로 지불했다. 릭샤를 이용하는 데 그렇게 많은 돈을 쓰고 싶지는 않았다. 소리를 질러대며 끈질기게 달라붙는 릭샤꾼들을 떨쳐내기 위해 일단 주변 식당으로 들어갔다. 그리고 짜오면과 짜이를 시켰다. 음식이 나오기를 기다리며 당신은 다이어리를 펼쳤다.

네팔에 입국한 지 한 달째였다. 우선, 당신은 쿰부 히말라야에서 이십 일 동안 폭설 속을 헤매느라 지쳐 있었다. 낮에는 설면에 반사된 강한 자외선을 받고 밤에는 영하 삼십 도까지 내려가는 혹한에 시달린 나머지 얼굴 살갗이 벗겨지고, 얼음이 든 코에서는 콧물이 줄줄 새어나왔다. 덥수룩하게 자란 수염 아래 새까맣게 타버린 입술은 딱딱했다. 산에서 내려온 후, 포카라(Pokhara)에서 사흘을 요양했으나 당신은 여전히 기력을 회복하지 못한 상태였다.

포카라에서 지역 버스를 타고 탄센(Tansen)으로, 탄센에서 부트왈을 거쳐 바이러하와까지 오는 데 이틀이 걸렸다. 낡아빠진 시골 버스는 굴러간다는 사실이 믿어지지 않을 정도였다. 당신은 항상 유일한 외국인 승객이었다. 시골로 갈수록 사람들은 영어를 못했다. 목적지를 몇 번이나 말하면 사람들은 손가락 끝으로 차를 가리켰고, 어디에서 내리라고 몸짓으로 가르쳐줬다. 때로는 차장이 당신의 짐을 다른 버스에 넘기면 영문도 모른 채 그 버스로 갈아타곤 했다. 그렇게 올라타면 당신은 기약 없이 네 시간도 앉아 있고 여섯 시간도 앉아 있었다.

음식점에서 짜오면을 먹고 짜이를 마시는 중에도 대여섯 명의 릭샤꾼은 밖에서 당신이 나오기를 끈질기게 기다렸다. 마치 먹잇감을 노리는 맹금류 같았다. 음식 값을 지불하며 당신은 식당 주인에게 물었다.

"번다 때문에 룸비니로 가는 차가 없죠?"

"릭샤와 오토바이 외에는 없어요. 이번 번다는 아주 심각하다는 소문이에요."

"그럼 언제쯤 번다가 끝나죠? 내일은 버스가 다닐까요?"

당신의 질문에 식당 주인은 피식 웃었다.

"글쎄요. 그건 아무도 모르죠."

"룸비니까지 거리가 얼마나 됩니까?"

"이십이 킬로미터예요."

배낭을 메고 걸으면 여섯 시간이 넘는 거리였다. 내일 번다가 끝난다는 보장이 없으므로 릭샤를 이용하는 수밖에 없었다. 배낭을 짊어지고 음식점을 나오자 기다리던 릭샤꾼들이 당신 주위로 삽시간에 모여들었다. 그리고 호객행위가 시작되자 릭샤꾼의 숫자는 점점 불어났다. 당신은 마치 왕처럼 그들 중 하나를 마음껏 고를 수 있었다.

수십 명의 릭샤꾼들 중에서 유독 한 사내의 얼굴이 눈에 들어왔다. 사내는 애처롭고 간절한 눈빛으로 두 팔을 내뻗으며 자신을 선택해달라는 신호를 계속 보냈다. 버스 정류장에서부터 가장 끈질기게 자신을 어필한 릭샤꾼이었다. 음식을 먹는 동안에도 식당 밖에서 당신을 뚫어지게 바라보았다. 매부리코에 눈이 유달리 빛나고 마른 광대뼈가 불거진 사내를 보며 당신은 흥정을 걸었다.

"이백오십 루피면 좋겠는데?"

사내는 굽실굽실거리며 당장이라도 눈물을 떨어뜨릴 듯 두 손을 가슴 앞에 모았다.

"아이고, 그건 안 됩니다. 제발 삼백 루피를 주셔야만 해요."

비싸 봐야 오십 루피가 넘지 않을 버스비에 비하면 너무 과한 액수였다. 번다를 틈타 외국인을 상대로 한몫 잡으려는 속셈이 분명했지만, 적선하는 셈 치고 속아주는 것 외에는 방도가 없었다.

"룸비니의 한국 사원 알죠?"

"그럼요, 알고말고요. 당연히 알지요."

"그럼 한국 사원으로 갑시다."

진정성이 느껴지는 사내의 태도에 당신이 '오케이'를 하자 그는 거의 배낭을 빼앗듯이 받아들고는 자전거에 실었다. 그리고 신이 난 듯 자전거를 힘껏 몰았다. 길 위로 올라서자 하얀 바탕에 검은 페인트로 쓴 'The Way to Lumbini 22km'라는 철제 표지판이 보였다.

저물녘의 바람은 선선하고 릭샤를 타고 가며 바라본 풍경은 아름다웠다. 적당한 속도로 사물들이 당신의 시야를 스쳐 지나갔다. 하늘로 뻗은 아름드리 보리수의 이파리가 부드럽게 팔랑거리고 넓은 들판을 가로지르며 흐르는 강은 평화로웠다. 옆으로 지나가는 자전거의 행렬, 흰 소가 방울을 울리며 끌고 가는 수레, 독특한 행색으로 순례를 떠나는 사두(sadhu)의 무리가 눈길을 끌었다.

그러나 길 양편으로 늘어선 가난한 농가의 모습은 처참했다. 어느 지역을 가더라도 형태와 수준이 다를 뿐 사람의 생활양식이란 비슷하기 마련인데, 이곳은 표현하기 힘들 정도의 빈곤함이 느껴졌다. 곧 허물어질 듯한 흙벽 집의 출입구에 드리운 천이 휘날리면 옹색한 살림살이가 그대로 드러났다. 부처가 태어났을 당시의 궁핍에서 한 걸음도 벗어나지 못한 것처럼 보였다. 남루한 옷을 걸친 여인들이 마당에 나와 곡식을 씻거나 감자를 삶아 저녁을 준비하느라 불을 지폈다. 장작 타는 연기가 길 위로 깔렸다.

어느덧 릭샤 위에서 날이 저물고 있었다. 평원과 잇닿은 하늘이 잉크 빛으로 사위며 주홍색 노을로 물들었다. 뜻하지 않게 당신의 눈에서 눈물이 흘러내렸다. 당신이 배우고 익힌 지식과 촘촘히 세워놓은 계획이 문득 부질없이 여겨졌다. 놓치고 싶지 않은 이익과

치열한 경쟁에서 승리하고픈 욕망이 일순간 허망하게 다가왔다. 마른 먼지를 뒤집어쓴 당신의 뺨으로 눈물이 따갑게 흘러내렸다. 어쩌면 이토록 지극한 평화와 지극한 빈궁을 동시에 받아들이느라 빚어진 감정의 혼선일지도 몰랐다.

사십 분쯤 달리자 릭샤꾼은 동작이 느려지고 가쁜 숨을 몰아쉬기 시작했다. 찢어진 셔츠 사이로 땀에 흥건히 젖은 등판이 보였다. 땟국에 전 바지는 벨트 없이 헝겊으로 대충 동여맨 상태였다. 그가 안장에서 일어나 페달을 밟자 살점이 하나도 없는 엉덩이가 당신의 눈앞에서 힘겹게 흔들렸다.

당신은 릭샤꾼을 중간중간 쉬게 했다. 그의 이름은 '라마시사이니'였다. 당신은 휴식 때마다 라마시사이니에게 바나나를 주고 물을 주었다. 그리고 비스킷과 초콜릿을 주고 담배를 주었다. 라마시사이니는 한 치의 주저도 없이 자신의 것인 양 그것들을 게걸스레 받아먹었다. 더 원하면 당신이 먹을 몫까지 넘겨주었다. 시간은 의외로 오래 걸렸고 날은 점점 어두워졌다.

"한국 사원으로 가주세요."

룸비니가 이 킬로미터 남았다는 표지판을 봤을 때, 당신은 라마시사이니에게 목적지를 상기시켰다. 그런데 갑자기 그의 표정과 말투가 차갑게 돌변했다. 자신은 룸비니까지만 당신을 데려다준다는 것이었다. 처음부터 분명히 당신은 한국 사원이 목적지라 말했건만, 그는 룸비니에서 한국 사원까지 가려면 백 루피를 더 내라고 했다.

페달을 밟으며 뒤를 돌아보는 라마시사이니의 눈빛은 매서웠다. 바이러하와에서 보았던 순수한 눈이 아니었다. 당신은 덜컥 겁이 났다. 그가 당신을 태우고 엉뚱한 곳으로 간다면 속수무책이었다. 이대로 동료들이 모인 으슥한 곳으로 데려가 당신이 가진 것을 송두리째 빼앗을 수도 있었다. 그래도 당신은 당하고만 있을 수가 없어서 아까의 약속과 다르지 않느냐고 조용히 물었다. 그러자 라마시사이니는 고개를 왼쪽으로 튕기며,

"노 프라블럼."

이라는 애매한 대답을 하고 페달만 밟았다.

릭샤는 곧 룸비니의 큰 문 앞에서 멈췄다. 더는 움직일 기미도 없이 라마시사이니는 땀을 닦으며 무작정 안장 위에 앉아 있었다. 이미 사방은 한 치 앞을 분간할 수 없을 정도로 어두웠고 당신은 그곳에서 어떻게 한국 사원을 찾아가는지 알 수 없었다. 목과 머리에 머플러를 휘감고 자전거를 탄 네팔 인들이 기괴한 그림자를 이끌며 불쑥 나타났다가 사라졌다. 할 수 없이 당신은 라마시사이니에게 오십 루피를 더 줄 테니 한국 사원까지 가자고 흥정을 했다. 아니, 당신은 그에게 공손히 부탁했다.

"노 프라블럼."

라마시사이니는 또 고개를 왼쪽으로 튕기며 대답하더니 다시 페달을 밟았다. 오 분 정도 지나자 한국 사원이 곧 나타났다.

사원 앞에 내려서 당신은 그에게 삼백오십 루피를 건네줬다. 그런데 애초에 흥정한 삼백 루피에서 오십 루피를 더 받고도 그는 조금만 더 달라고 떼를 쓰기 시작했다. 쉽게 물러날 태세가 아니었다. 어둠 속에서 라마시사이니의 눈동자가 날카롭게 빛났다. 정숙한 사원 앞에서 당신은 그와 싸우고 싶지 않았다. 당신은 잔돈을 보관하

는 주머니에 손을 넣어 돈을 빼들었다. 미화 일 달러 지폐 두 장이 접혀 나왔다. 그리고 그중 하나를 그에게 주었다. 일 달러는 칠십 루피에 해당하니 벌써 사백이십 루피를 지불한 셈이었다.

라마시사이니는 얼른 돈을 챙기고는 당신 손에 남아 있는 일 달러 지폐마저 달라고 말했다. 그의 눈동자는 어느덧 매서운 빛이 사라지고 다시 애절하고 촉촉하게 변해 있었다. 해도 너무한다 싶어서 당신은 일 달러를 쥔 채로 라마시사이니를 바라보았다. 일 달러가 아까워서가 아니었다. 치졸하고 비굴하다 못해 간교해 보이는 그 모습이 안타까워서였다. 그는 그 어떤 배우보다 능청스럽고 교활한 연기를 하고 있었다.

당신은 이십 킬로그램의 배낭이 무거운 줄도 모르고 메고 서서 지폐를 천천히 릭샤꾼에게 내밀었다. 배가 고프고 지친 탓인지 아니면 긴장이 풀린 탓인지 갑자기 눈물이 또 나오려고 했다. 라마시사이니는 시커먼 손을 뻗어 잽싸게 당신의 돈을 낚아챘다. 그의 눈과 치아가 유독 번쩍거렸다. 당신은 침을 내뱉고 싶은 욕지기를 참으며 그에게 인사를 했다.

"잘 가, 라마시사이니. 고마웠어."

그러나 그는 가지 않고 검지 끝으로 당신의 시계를 가리켰다. 당신이 무슨 뜻이냐는 표정을 짓자 그는 시계를 자신에게 달라는 손짓을 했다. 당신의 심장이 걷잡을 수 없이 뛰기 시작했다. 곧 울음이 터질 듯 콧날이 시큰해지고 목이 아파왔다. 당신은 줄 수 없다는 의미로 천천히 고개를 저었다. 라마시사이니는 미끈거리는 치아를 드러내고 웃으며, 줄 수 없다면 자신의 시계와 바꾸자고 했다.

시계를 바꾼다면 당신을 영원히 잊지 않겠다는 거였다. 그의 시계는 노점에서 파는 싸구려 플라스틱 전자시계였다.

당신은 할 말을 잃고 말았다. 라마시사이니의 부탁은 집요하고 끈질겼다. 당신은 그때처럼 한 사람을 가엾고 끔찍하게 여긴 적이 없었다. 룸비니로 오는 길에 보았던 극빈과 떠올렸던 욕망의 허망함이 없었더라면 당신은 그를 무시하고 그 자리를 떠났을 것이다. 하지만 덧없이 느꼈던 눈물 탓인지, 혹은 원고를 완성하지 못한 자괴감 때문인지, 아니면 지금 속에서 일고 있는 분노의 다른 표현인지는 모르겠으나 당신은 결국 손목에서 시계를 풀었다.

라마시사이니의 더러운 손이 다가와 당신의 시계를 슬며시 가져갔다. 그리고 당신의 손바닥 위에 자신의 플라스틱 시계를 올려놓았다. 당신은 그것을 움켜쥐며 몸을 문 쪽으로 홱 돌렸다. 사원의 철문을 열고 들어서려는데, 라마시사이니는 당신을 소리쳐 불렀다. 행여 인사라도 하나 싶어 돌아보자, 그는 걸어오더니 담배가 있으면 달라고 손을 내밀었다. 주머니에서 담배를 꺼내는 당신의 손가락은 부들부들 떨렸다. 당신은 곧 눈물이 쏟아질 것만 같아서 그의 얼굴도 보지 않은 채 반 이상 남아 있는 담배를 갑째로 넘겼다.

The Days in Lumbini

사원에 들어가 당신은 사무실 문을 열었다. 스님들은 보이지 않고 업무를 보는 네팔 인 서너 명이 앉아 있었다. 장부에 인적 사항을 기록하고 안내에 따라 방을 배정받았다. 지난 한 달간 묵었던 그 어떤 숙소보다 깨끗하고 아늑했다. 당신은 배가 몹시 고팠으나, 안내인은 베개와 모기장을 건네주며 저녁 공양이 십 분 전에 끝났다고 했다. 당신의 안타까운 표정을 읽었는지 안내인은 식당에 미숫가루가 있다고 가르쳐줬다.

짐을 내려놓고 식당에 가니 설거지가 한창이었다. 미숫가루를 타 먹으면서도 당신의 뇌리에는 라마시사이니의 번들번들한 눈동자와 교활한 몸짓과 더러운 손이 여전히 떠나지 않았다. 그에게 휴식을 한 번만 덜 주고 헤어질 때 매몰차게 돌아섰더라면 저녁 공양을 받을 수 있었다는 후회가 들었다. 당신은 무엇을 잘못한 것일까 곰곰이 따져보았지만 해답을 얻을 수는 없었다. 다만 한 가지 알게 된 것은 이들이 입에 달고 다니는 '노 프라블럼'은 '빅 프라블럼'과 이음동의어라는 사실이었다.

방으로 돌아와 짐을 대충 풀고 세면도구를 챙겨 밖으로 나왔다. 세면장에 가서 몸을 씻고 나오는데 누군가 당신을 불렀다. 오랜만에 듣는 한국말이 반가웠다.

"저녁 먹었어요?"

대문 앞 공터에서 세 남자가 모닥불을 피우고 앉아 있었다. 두 사람은 의자에 앉아 있었고 한 사람은 쪼그려 앉아 불을 쬐고 있었다. 당신은 의자에 앉은 반백의 사내에게 걸어가 공손히 머리를 숙였다.

"미숫가루를 좀 먹었습니다."

반백의 사내는 껄껄 웃더니 옆에 앉은 네팔 인에게 뭐라고 말을 했다. 네팔 인이 일어나 어디론가 사라지자 사내는 당신에게 의자를 권했다. 그는 나이가 오십대 중후반으로 짐작됐는데 앉아 있었지만 키가 굉장히 커 보였다. 뚱뚱한 몸통에 비해 얼굴은 작은 편이었고 다리는 가늘었다. 어두운 갈색 점퍼에 역시 갈색의 코듀로이 바지를 입고 있어서 부유한 인상을 주었다.

밤이 되자 쌀쌀한 가을 날씨 같아서, 모닥불이 유독 따뜻하게 느껴졌다. 그들이 태우는 건 굵은 대나무였다. 사찰 초기 공사 때 비계(飛階)로 쓰고 남은 것이라 했다. 따닥, 따다닥, 대나무 마디마디에 맺힌 공기가 터지며 불길은 기세 좋게 타올랐다. 손바닥을 활짝 펼쳐 열을 쬐니 몸이 훈훈했다. 모골이 송연할 만큼 날카로운 괴성이 아주 가까이서 자주 들렸다. 무슨 소리냐고 묻자 여우와 자칼 떼의 울음이라고 했다.

"남 선생님, 네 개를 가져왔습니다."

조금 전 자리에서 일어났던 네팔 인이 다가와 반백의 사내를 향해 '남 선생님'이라는 한국어 호칭을 쓰며 고구마를 펼쳐 보였다. 사내가 고개를 끄덕이자, 네팔 인은 은박 포일에 고구마를 싸더니 쏘시개를 이용해 대나무 숯으로 잘 덮었다. 사내는 투박한 발음이지만 영어를 잘했는데, 대화를 들으니 두 네팔 사람 모두 사내를 '남 선생님'이라 부르며 고분고분 따랐다. 사찰에서 머문 그의 시간과 위치를 짐작케 했다.

"고구마 금방 익을 거예요. 이거 두 개 먹으면 그럭저럭 요기는 될 겁니다."

반백의 사내는 당신을 보며 씽긋 웃었다. 잘생긴 얼굴은 아니었으나 웃는 모습은 푸근했다.

"고맙습니다, 남 선생님."

당신이 웃으며 말하자 그는 네팔 인을 대하던 때와는 달리 몹시 쑥스러운 표정을 지으며 물었다.

"어디서 왔어요? 여행을 오래 했나 봅니다."

당신은 이십 일 동안 에베레스트를 트레킹했다는 것과 바이러하와에서 룸비니로 오던 중에 겪었던 이야기를 간략하게 했다. 남 선생뿐만 아니라 두 명의 네팔 인도 당신의 말을 흥미롭게 들었다. 특히 릭샤꾼에게 삼백오십 루피와 미화 이 달러를 주고 손목시계까지 바꿨다는 대목에서는 남 선생과 네팔 사람 모두 큰 소리로 웃음을 터뜨렸다.

"시계를 바꿨다고? 어디 한번 봅시다."

당신은 주머니에서 시계를 꺼내며 내심 남 선생과 네팔 인의 파안대소를 다시 한 번 기대했다. 아까부터 바닥에 쪼그려 앉아 있던 네팔 인이 시계를 보고는 피식 웃으며 말했다.

"뭐야 이거? 시간도 안 맞네?"

그랬다. 식당에서 확인해보니 라마시사이니의 시계는 한 시간 사십 분이나 느렸다. 시간을 맞추려고 조정 버튼을 누르면 디지털 숫자가 제멋대로 변해서 손쓸 수조차 없는 고물이었다. 당신의 기대와 달리 남 선생은 웃지 않았다. 그는 별다를 것 없는 전자시계의 디지털 숫자를 물끄러미 들여다보더니 다만 혼잣말로 중얼거렸다.

"고 녀석 시계 한번 참 용하네!"

당신은 미처 못 본 것이 있나 해서 시계를 다시 봤지만 별다른 점을 찾지 못하고 그것을 주머니에 넣었다. 고구마가 익는 동안 남 선생은 공양 시간을 알려줬고 어떻게 룸비니를 둘러보는지, 어디를 가면 볼 만한 것이 있는지를 설명해줬다. 고구마가 익자 당신은 밤하늘의 별을 보며 군고구마를 먹었다.

숭늉까지 받아먹었을 즈음, 한국인 남녀 대학생 커플이 릭샤에서 내려 사원으로 들어왔다. 그들은 짐도 풀지 않고 모닥불 가로 합류했다. 다행히도 바이러하와에서 저녁을 먹고 들어오는 길이라고 했다. 자리에 앉자마자 여대생은 릭샤비로 이백 루피나 들었다고 투덜투덜댔다. 백 루피면 충분한데 너무 많이 줬다며 남자친구를 흘겨보았다. 그들의 다툼을 지켜보던 남 선생과 두 네팔 인은 당신을 보며 또 웃음보를 터뜨렸다.

*

이튿날 새벽 예불 소리에 잠을 깬 당신은 주변을 산책했다. 짙은 새벽안개는 사원 주위를 몽환적으로 만들었다. 숲 속에서 흰 소들이 풀을 뜯는 모습은 신비로웠다. 흰 소들은 안개와 섞여 느릿느릿 헤엄치는 듯했고 간혹 목청을 돋우어 길게 울었다. 그렇게 천천히 배회하다가 오전 여섯시에 시작되는 아침 공양을 받았다. 맛이 좋을 뿐만 아니라 다양한 종류의 음식을 원하는 만큼 먹을 수 있었다. 아침을 먹은 뒤 당신은 한 달 만에 처음 빨래를 했다.

빨래를 널은 후에는 자전거를 빌려 타고 사원을 나갔다. 호젓하고 평평한 숲의 오솔길은 아늑했다. 붉고 푸른 나뭇잎 사이로 청명

한 햇살이 눈부시게 쏟아져 들어왔다. 휘파람을 불며 그 길을 페달로 저어 가는 일은 흥겨웠다. 원숭이 떼가 한가롭게 나무와 나무 사이를 몰려다니고 비둘기 떼가 창공으로 날아올랐다. 길 저편에서 자전거가 올 때마다 당신은 '나마스테!' 하고 웃으며 인사했다. 그러면 그들도 웃으며 화답했다.

석가가 탄생한 마야 템플에서 당신은 온화한 바람을 맞으며 느긋하게 걸어 다녔다. 서양인 관광객 사이에 슬쩍 끼어 가이드의 설명을 경청하기도 했다. 사리나무 가지를 붙잡은 마야 부인의 겨드랑이에서 막 태어나는 싯다르타의 조각상 아래에서는 사진을 찍었다. 이천오백 년 전 이곳에서 태어난 한 소년이 성장하여 발견한 진리가 아시아 문화와 사상의 발전에 엄청난 영향을 미쳤다는 사실을 상기하면 성스러운 장소에 서 있는 셈이었다. 각국에서 온 순례객의 줄이 끊이지 않았다.

의아스러운 일이 없었던 건 아니었다. 템플 앞의 기념품 가게에는 각종 불교 용품을 판매했는데 그중에는 십자가도 있었다. 서양 관광객이 많은 점을 이용한 상술인지 아니면 종교적 포용력을 지닌 것인지 가늠이 되지 않았다. 한번은 네팔 법당을 촬영하는데 카메라 프레임 안으로 십대로 보이는 거지 소녀가 들어왔다. 비켜달라고 손짓을 하자 그녀는 꿈쩍도 안 한 채 돈을 달라며 손을 내밀었다. 당신이 고개를 저으니 소녀는 끝까지 버티다가 한 손으로 치마를 약간 내리고 다른 손으로 자신의 음부를 가리켰다. 당신은 황급히 자리를 피했다.

점심 공양 후에는 자전거를 타고 완공된 각국의 사원을 둘러보았다. 중국, 미얀마, 인도, 태국, 일본, 베트남 사원 등은 각국의 불교 건축 문화 양식을 잘 반영하고 있었다. 특히 당신은 티베트 양식으로 지어진 독일 사원에서 가장 오랜 시간을 보냈다. 대웅전에서 동자승 백여 명이 가지런히 앉아 이구동성으로 경전을 읽는 모습은 장관이었다. 뜰의 작은 연못에는 돌로 만든 눈먼 거북이와 구멍이 뚫린 널빤지 조각상이 있었는데, 당신은 그 조각상을 감상하며 오랫동안 아이들의 독경 소리를 들었다.

이리저리 자유롭게 자전거 페달을 밟다가 문득, 당신은 포카라의 피시방에서 확인한 메일 한 통을 떠올렸다. 포카라에서 쉬는 동안, 당신은 동년배의 여성 편집장에게 에베레스트 트레킹을 마쳤다는 것과 원고를 완성하지 못할 것 같아 죄송하다는 내용의 이메일을 보냈다. 그리고 룸비니를 향해 떠날 예정이라고 덧붙였다. 당신으로서는 일종의 변명으로 양해를 구한 셈이었다.

편집장은 최종 편집일까지 며칠 여유가 남았으니 더 생각해보라는 답신을 곧 보내왔다. 구차한 당신의 변명에 실망하거나 단호한 대처를 내릴 줄 알았는데, 그녀의 어조는 의외로 따뜻하고 정겨웠다. 'PS'뒤에는 이런 메시지까지 달려 있었다.

'룸비니에 가면 닐가이를 찾아보세요. 닐가이는 자기가 못생겼다고 생각해서 사람들 앞에 좀처럼 모습을 보여주지 않는대요. 저는 그 고적한 울음소리를 들으면서 못생긴 게 아니라고, 그래도 괜찮다고 말해주고 싶었는데 결국 못 보고 돌아왔어요.'

자전거를 타고 달리던 당신은 첫 번째 만난 주민에게 어디로 가면 닐가이를 볼 수 있냐고 물었다. 삼십대 중반으로 보이는 남자는 무표정하게 한곳을 손가락으로 가리켰다. 당신은 그곳으로 천천히 자전거를 몰았다. 한참을 달리다가 주민들에게 물으면 그들은 또 손가락으로 어느 방향을 가리켰다. 당신은 쉬지 않고 유유히 페달을 밟았다.

어느 아담한 마을에 들어서자, 황톳길 양편에 농가가 펼쳐졌다. 그곳에는 목욕하는 아이들, 하릴없이 누워 있는 노인들, 염소, 닭, 개, 고양이, 오리 등이 한가롭게 뒤섞여 있었다. 꼭 동화책에서나 나올 법한 풍경이었다. 마을이 끝나 인적이 드문 지점에서부터 끝이 안 보이는 들판이 시작됐다. 그토록 아름다운 유채 꽃밭을 본 것은 처음이었다. 쏟아지는 봄 햇살 아래에서 룸비니 평원을 뒤덮은 노란 유채 꽃송이들이 한없이 자유롭게 건들거리고 있었다. 더는 닐가이가 어디에 있는지 물어볼 사람이 없어서 당신은 그늘을 드리운 나무 아래에서 낮잠을 잤다. 푸른 깃털의 새 한 마리가 날아와 앉아 자장가를 부르듯 고즈넉이 울어댔다.

사원으로 돌아와 저녁을 먹은 뒤 당신은 예불을 참관했다. 법당 안에 들어가지는 못하고 창밖에 서서 보니 스님 세 분과 남 선생이 기도를 하고 있었다. 젊은 남자 스님의 독경 소리는 맑고 청아하며 울림이 컸다. 새벽에 들었던 여승의 독경 소리도 깊은 동굴에서 울리는 듯 잡티 하나 없었다. 무엇보다 흥미로운 것은 남 선생의 염불 소리였다. 그는 가는 다리로 육중한 몸을 접어 바닥에 엎드리며 쉼 없이 경을 중얼거렸다. 낭랑하거나 또렷하지는 않았지만 낮은 음이 제법 운치가 있었다.

*

셋째 날 아침을 먹고 전날 널어놓은 빨래를 걷을 무렵, 새로운 룸메이트가 들어왔다. '미쯔'라는 이름의 일본인 청년이었다. 그는 일본 사원에서 이틀을 묵었는데 규율이 너무 심하고 경비에 부담을 느껴서 한국 사원을 찾아왔다고 했다. 이곳은 편하고 음식도 맛있으며 무료여서 좋다는 소문을 들었다고 했다. 당신은 미쯔와 담배를 나눠 피우며 여행 이야기를 유쾌하게 떠들었다. 미쯔는 지난 몇 년 동안 셀 수 없이 많은 국경을 넘나든 자유인이었다.

점심 공양 후에는 가방에 물통, 카메라, 담배를 챙겨 넣고 모자를 쓴 뒤 자전거를 몰고 나갔다. 오전에 쓴 엽서를 부치기 위해서였다. 물어물어 찾아간 우체국은 누군가 꼭 집어서 가르쳐주기 전에는 짐작조차 할 수 없는 초라한 집이었다. 직원인 듯한 남자가 곡식 자루 같은 곳에 엽서를 던져 넣고 이제 가보라고 했지만 과연 우편물이 도착할 수 있을까 의심스러웠다. 하기야 수신인에게 닿지 않는다고 해도 큰 문제가 될 건 없었다.

저녁 공양까지는 시간이 많이 남아서 주민들에게 닐가이가 어디에 있냐고 물은 뒤 손가락으로 가리키면 그곳을 향해 계속 달렸다. 전날처럼 인적이 끊기자 나무 그늘 아래 누워서 구름을 봤다. 간혹 희한한 새의 울음소리가 들리면 유심히 살펴봤다. 닐가이를 못 봐도 크게 걱정할 일은 아니었다. 룸비니에서 웬만한 걱정은 쉽게 휘발됐다. 당신은 그저 오랜만에 찾아온 한적한 시간을 만끽했다.

돌아오는 길에 팔사 바자르(Palsa Bazar)에서 아기를 안은 젊은 아녀자가 파는 사과 세 알을 샀다. 마침 자전거를 끌고 장을 보러 나온 미쯔를 만나서 찻집에 들어가 오 루피짜리 짜이를 함께 마셨다. 당신이 사과 한 알을 주자 미쯔는 환하게 웃었다. 그러고는 가방을 뒤져 힌두교 축제 '사바라트리'에서 얻었다며 잎담배 한 개비를 당신에게 주었다. 심심하면 한 대 피우라고 했다. 맛이 좋으냐고 물으니, 피우고 나면 몸과 마음이 편안해지고 상상하고 싶은 이미지가 선명하게 나타난다고 했다. 당신은 나중에 정말 심심할 때 피우겠다고 대답하고 대신 사과 한 알을 먹었다. 그리 달지는 않았지만 향이 좋았다.

미쯔와 사원으로 돌아온 당신은 남 선생에게 사과 한 알을 드렸다. 남 선생은 고맙다는 말과 함께 차나 한잔하자며 자신의 방으로 당신을 데려갔다. 다기(茶器)가 갖춰져 있었다. 차를 우려내는 동안 방을 둘러보니, 여행 가방 하나와 이불 한 채 그리고 다탁으로 쓰는 앉은뱅이책상이 전부였다. 특이한 점이라면 텅 빈 벽에 코팅된 사진 한 장이 붙어 있는 것이었다.

"저게 뭔가요?"

"전에 이 방을 쓰던 보살이 중국 둔황을 여행하고 와서는 붙여놓은 것이지."

남 선생은 이튿날부터 당신의 부탁대로 말을 놓았다. 자리에서 일어나 가까이 가보니 그것은 오래된 벽화를 촬영한 것이었다. 몸집이 거대한 사내가 새 한 마리를 손바닥 위에 둔 채 반가부좌로 앉아 있고, 칼을 든 자가 사내의 허벅지 살을 발라내는 그림이었다.

"자, 이리 오지. 차가 제대로 우러났네."

당신은 남 선생과 다탁을 사이에 두고 마주 앉아 녹차를 마셨다. 당신은 향이 좋다는 말과 함께 벽화에 대해 물었다.

"저 벽화에 무슨 특별한 내용이 있습니까?"

"저것은 둔황 석굴에 있는 시비왕 본생도 중에서 할육무합 고사를 다룬 것이지."

"시비왕 본생도와 할육무합요?"

이해하기 어려운 한자에 대해 당신은 자세한 해석을 부탁했다. 남 선생의 말에 따르면 시비왕이란 부처의 몸을 말하고, 본생도란 싯다르타가 샤키아 족의 왕자로 태어나기 전에 보살로서 생을 거듭하는 사이 국왕, 부자, 서민, 도적, 동물 등 여러 신분으로 살며 선행공덕을 쌓은 이야기를 그림으로 그린 것이라 했다.

"그러니까 할육무합(割肉貿鴿)은 살을 베어 비둘기와 바꾼다는 뜻인데, 할육위응(割肉餵鷹)이라고도 하지. 풀어서 말하면, 살을 베어 매에게 먹인다는 정도로 해석이 되겠지."

남 선생은 티스푼 손잡이로 찻물을 찍어 탁자 위에 한자를 쓰며 설명했다. 당신은 이야기를 듣고는 차를 마시다 말고 자리에서 일어나 사진을 주의 깊게 들여다보았다. 석굴의 벽화 자체가 오랜 세월 부식된 탓에 그리 선명하지는 않았지만, 조금 전에는 짐작도 못했던 그림 속의 이야기가 추측됐고 미처 보지 못한 매와 저울도 발견할 수 있었다.

그때 네팔 인 직원이 찾아와 남 선생을 불렀다. 외부에서 손님이 왔다는 전갈이었다. 남 선생을 따라서 사무실 쪽으로 가니 스리랑카 스님이 릭샤 앞에 서 있었다. 남 선생과 스님은 반갑게 인사하는 것으로 보아 안면이 있는 듯 보였다. 스님은 남 선생에게 스리랑카 순례자 칠십 명의 숙박을 주지 스님께 허락받는 데 도와달라는 부탁을 했다. 그리고 현재 번다가 심해져서 차량이 불타는 등 극렬 시위가 벌어지고 있으며 장기화될 조짐이 보인다는 소식을 전했다.

Out of Lumbini

남 선생이 스리랑카 승려를 주지 스님께 안내하고 다시 사무실에 내려올 때까지 당신은 자리를 떠나지 않았다. 당신은 월요일 아침 카트만두에서 인천행 직항 비행기 표가 예약되어 있었다. 그러려면 늦어도 일요일 저녁까지는 카트만두에 도착해야 했다. 아직 목요일이고 버스로 여덟 시간이 소요되는 거리여서 일요일까지 번다가 풀리기를 기다릴 예정이었던 것이다. 그런데 번다가 장기화될 조짐이 보인다는 말에 걱정이 되었다.

"일요일까지 번다가 풀리지 않을까요?"

당신은 사정을 이야기하고 남 선생에게 자문을 구했다. 그는 이곳에서 오래 생활했으므로 대처 방안을 알 듯했다. 남 선생은 사무실 안으로 곧장 들어가더니 인근 공항으로 전화를 걸었다. 카트만두까지는 평상시 항공료가 미화 칠십이 달러인데 육상 통로가 막히면서 구십사 달러로 가격이 껑충 뛰었다는 말이 오갔다. 내일까지는 모든 자리가 예약되어 있고 주말에는 승객 여하에 따라 비행기 운항이 결정된다고 했다. 상황이 불안정해서 자칫하면 낭패를 볼 수도 있었다.

전화를 끊고 나자 당신보다 남 선생의 얼굴이 더 초조해졌다.

"아직 사흘이나 남았는데 그래도 곧 번다가 풀리지 않을까요?"

카트만두행 여행자 전용 버스비는 십삼 달러 정도이기 때문에 당신은 일부러 시간을 당겨 일곱 배나 비싼 비행기를 타고 싶지 않았다. 그러나 남 선생은 심각하게 고개를 저었다.

"지금은 그럴 때가 아니야. 룸비니는 자네의 생각과는 다른 곳이지."

그 말을 듣자 당신은 불안해지기 시작했다. 일주일에 한 대뿐인 월요일 한국행 직항편은 연장이나 환불이 불가능하기 때문에 무슨 일이 있어도 꼭 탑승해야만 했다. 그때 갑자기 전화벨이 울렸다. 남 선생은 통화를 하다가 수화기를 막으며 급히 당신에게 물었다.

"오늘 여섯시 출발 비행기 좌석 하나가 났다네. 탈 거지?"

당신은 재빨리 손목시계를 보았다. 디지털 숫자가 두시 오십분을 가리키고 있었다. 거기에 한 시간 사십 분을 더하니 네시 반이었다. 남 선생이 힘주어 말했다.

"어서 결정하게!"

당신은 고개를 끄덕였다. 남 선생은 바로 예약을 하고는 당신에게 소리쳤다.

"빨리 짐 챙겨야지!"

당신은 사무실을 나가서 방으로 뛰어갔다. 늘어놓은 것이 없어서 챙길 짐이랄 것도 없었다. 세면도구 몇 가지를 배낭에 넣고 미쯔의

자리에 메모를 남겼다. 급히 떠나게 되었고 즐거운 여행이 되라는 인사말과 이메일 주소를 적었다. 밖으로 나오자 남 선생은 스리랑카 승려를 태우고 온 릭샤꾼을 붙잡고 이야기를 하고 있었다. 릭샤꾼은 공손하게 남 선생의 말에 고개를 숙였다. 일단 당신은 사무실로 뛰어 들어가 지갑에서 돈을 꺼내 불전함에 넣었다. 지난 이틀 동안 먹고 자게 배려해준 성의의 표시였다.

"지금 네시 반인데 여섯시까지 공항에 도착할 수 있을까요?"

당신이 묻자 남 선생은 손으로 릭샤를 가리켰다.

"아마 되겠지. 어서 타게."

당신은 릭샤에 올라타며 합장을 하여 인사했다.

"선생님, 그동안 여러 가지로 고마웠습니다."

남 선생은 쑥스러운 듯 얼굴에 주름을 잡으며 웃었다. 릭샤는 속도를 내며 사찰을 떠났다. 상당히 싱거운 작별이었다. 한순간에 예상치 못한 많은 것들이 너무 빨리 결정됐다. 수행자는 모름지기 한 곳에서 사흘을 머물지 않는다는 삼일수하(三日樹下)의 경계를 의도하지 않았으나 지킨 셈이었다. 다만 걱정스러운 것은 릭샤가 그리 빨리 달리지 못한다는 점이었다. 마음이 급해서 그런지 라마시사이니보다 느린 것 같았다.

사십 분쯤 달리던 릭샤꾼은 자전거를 세우더니 당신에게 고개를 숙이며 공손히 말했다. 너무 배가 고파서 더는 갈 수가 없으니 잠깐 요기를 하고 오겠다는 것이었다. 탑승 시간에 닿을 수나 있을지 애가 타는 중에 그런 말을 들으니 난감했다. 배가 고프다는 말은 결국 당신의 마음을 흔들기에 충분했다. 당신은 식사를 하고 나오는

것은 좋으나 여섯시 비행기를 꼭 타야만 한다고 당부했다. 릭샤꾼은 머리를 왼쪽으로 살짝 튕기며,

"노 프라블럼."

이라고 대답했다.

릭샤꾼이 음식점에 들어가자 당신은 시계를 보았다. 라마시사이니의 시계는 한 시간 사십 분이 느려서 언제나 더하기를 하느라 골치가 아팠는데, 이런 상황에서는 오히려 마음을 느긋하게 해주는 신기한 효과가 있었다. 공항이 어딘지를 몰라서 도무지 시간과 거리를 예측할 수가 없었다. 마을 사람들이 릭샤에 앉은 당신의 일거수일투족을 뚫어지게 바라보았다.

그렇게 오 분쯤 심심하게 앉아 있다가 담뱃갑을 열었다. 찻집에서 미쯔가 준 잎담배 한 대가 보였고 심심하면 태워보라던 말이 생각났다. 당신은 불을 붙여 천천히 연기를 들이마셨다. 별달리 특이한 맛이 느껴지지 않았다. 하품이 나오며 졸음이 몰려왔다. 하늘에는 검은 매 한 마리가 맴을 돌고 있었고, 간혹 자전거가 따르릉거리며 지나갔다.

잎담배가 다 타들어갈 무렵, 어디선가 새 한 마리가 날아와 주위를 종종거렸다. 푸른 깃털을 가진 작은 새였다. 새의 귀여운 몸짓에 눈길을 주다가 당신은 끄덕끄덕 졸기 시작했다. 당신은 졸음을 털어내려 눈가를 몇 번이나 비벼보았으나 고단함을 참을 수가 없었다.

순간, 불길하고 어두운 그림자가 높은 곳에서부터 쏜살같이 자신

을 향해 곤두박질치고 있음을 새는 본능적으로 직감했다. 날개를 힘껏 퍼덕여 반사적으로 몸을 피하자 날카롭고 굵은 발톱이 주위에 돋아난 풀잎을 갈기갈기 찢어냈다.

"크할! 요놈! 네 얼마 만에 보는 먹이더냐!"

앙칼진 울부짖음이 새의 귓전을 때렸다. 돌아보니 제 몸집의 스무 배가 넘을 법한 대갈매가 자신을 쫓고 있었다. 새는 사력을 다해 하늘로 날아올랐다.

이때, 시비왕(尸毗王)은 광야에서 결가부좌를 틀고 해탈을 향한 기도에 정진하고 있었다. 눈을 지그시 감고 무념무상의 진흙뻘 속을 끝없이 헤매던 그의 귓가에 매우 다급한 생명의 날갯짓이 들려왔다. 이어 눈을 뜨자마자 작은 새 한 마리가 시비왕의 품속으로 황급히 날아들었다. 왕은 푸른 깃털의 새를 손바닥으로 감싸 가슴 안으로 끌어들였다. 그리고 미친 듯이 날개를 퍼덕대며 자신을 노려보는 대갈매에게 낮은 음성으로 꾸짖어 말했다.

"그대는 어찌하여 이 가여운 생명을 해치려 하는가. 이 연약한 목숨이 불쌍치도 않은가. 그만두고 어서 그대의 갈 길을 가도록 하라."

대갈매는 힘겹게 쫓은 먹이를 눈앞에서 놓친 분노에 눈동자를 매섭게 희번덕거렸다. 독이 오를 대로 오른 암갈색의 깃털은 칼날처럼 일제히 곤두섰고, 단단하고 억센 부리에서는 들끓는 듯한 원망의 울부짖음이 새어나왔다.

"크하할! 오재오재! 이 무슨 소린 게요? 이 어떤 소린 게요?"

"그대는 전생에 잔학무도하고 혹세무민하여 현생에서 그리 흉하게 태어났거늘 아직도 깨닫는 바가 없어 다른 목숨의 살과 피를 뜯어먹으려 하는가."

"클! 나도 한 목숨이요, 나도 한 생명이오. 신선한 살코기를 먹지 아니하면 나 역시 죽고 마오. 당신은 어찌 그 생명은 귀(貴)타 하고 내 목숨은 귀(貴)치 않단 말인 게요? 하나는 알고 둘은 모르는 당신이 원탄스럽소, 크하카알! 오재!"

시비왕은 깊은 번민에 빠져들었다. 이 손안의 작은 새를 내어주면 분명 대갈매에게 도륙(屠戮)될 것이다. 어찌 보호를 바라고 내 품으로 날아들어온 생명을 죽음으로 내몰 수 있단 말인가. 새를 내어주지 않으면 대갈매는 아사(餓死)할 것이다. 어찌 한 생명의 양식을 목전에서 은닉하여 그를 사망에 빠뜨린단 말인가. 품 안에서는 겁에 질린 작은 새의 올망한 눈망울이 흔들거리고, 품 밖에서는 굶주린 대갈매의 충혈된 눈동자가 번득거리며 시비왕의 번뇌를 가늠질했다.

마침내 상념 끝에 시비왕은 둘 모두를 살릴 수 있는 대안을 마련했다.

"보아라. 짐(朕)은 이리 하겠노라. 짐의 허벅지 살을 이 작은 새의 무게만큼 베어서 그대에게 주겠노라. 그리하면 이 작은 새는 도륙의 화를 면할 것이요, 그대는 아사의 난을 면할 것이니 그대는 어떠한가."

"카할! 호재호재, 좋소! 좋소!"

이어 왕은 낮지만 준엄하게 명했다.

"들어라. 회자수(劊子手)를 대령시키고 저울을 준비토록 하라."

이에 하늘에서는 먹구름이 물밀듯이 밀려들어오고 사방은 삽시간에 빛을 잃어 어두워졌다. 시비왕을 따르는 도중(徒衆)이 소식을 듣고 달려왔으며, 천계의 가릉빈가(迦陵頻伽) 여럿이 어느덧 날아와 표표히 왕의 주위를 너울거리며 맴돌았다. 한쪽에 저울이 준비되자 회자수가 반월도를 바닥에 질질 끌며 듬성 걸음으로 입장했다. 체격이 몹시 왜소하나 흉악하고 잔인한 표정으로 번들거리는 회자수는 왕 앞에서 읍(揖)했다.

"이놈 부르셨나이까?"

"그대는 짐의 살을 이 새의 무게만큼 베도록 하라."

시비왕은 오른 손바닥 위의 새를 천칭 저울의 한쪽 접시 위에 올려놓았다. 새가 놓이자 저울은 한쪽으로 급하게 내려앉았다. 공중으로 들려올라간 맞은편 빈 접시가 몹시 출렁거리며 달그락 소리를 냈다. 시비왕은 결가부좌를 풀어 왼쪽 허벅지를 회자수에게 내어놓고는, 포의 자락을 넓적다리 위까지 바싹 걷어올렸다.

"서둘러 행하라."

몸집이 매우 장대한 시비왕은 의연한 태도와 침착한 목소리로 회자수에게 명했다. 왕의 눈동자는 한 치의 두려운 기색 없이 이 모든 순서를 담담히 받아들였다.

이윽고, 회자수가 천천히 반월도를 운용하여 왕의 허벅지에 예리한 칼날을 들이댔다. 칼날이 왕의 살 속을 비집고 깊이 들어가자 붉디붉은 선혈이 빗물처럼 흘러내렸다. 곁에서 왕을 지켜보던 무리들이 고개를 돌리거나 눈을 가리며 낮은 비명을 질렀다. 기괴한 표정으로 히죽거리던 회자수는 새의 두 배가 넘을 법한 퇴육(腿肉)을 넉넉하게 발라냈다. 그러나 발라낸 것을 저울의 빈 접시 위에 올려

놓았을 때, 놀랍게도 저울은 꿈쩍하지 않았다.

"왼쪽 다리를 절단하라."

시비왕이 당황한 목소리로 명하자 회자수는 반월도를 허공에서 힘껏 휘둘러 왕의 왼쪽 넓적다리 위를 내리쳤다. 그것을 접시 위에 더하여 올려놓았으나 저울은 꿈쩍하지 않았다.

"오른쪽 다리를 더해 내어주어라!"

여전히 저울은 미동도 하지 않았다. 시비왕은 점점 잦아들어가는 목소리의 결기를 가다듬으며 다시금 호령했다.

"왼쪽 팔도 내어주어라!"

사지(四肢)의 한 마디를 끊어낼 때마다 대갈매는 망측하게 울부짖으며 커다란 날개를 거칠게 파닥거렸다. 왕을 에워싼 무리는 더 이상 감당할 수 없는 끔찍함을 차마 이기지 못하여 손으로는 입을 틀어막고 눈에서는 피눈물을 쏟아냈다.

"오른쪽 팔을 마저 내어주어라!"

피로 뒤범벅된 회자수의 반월도는 사지의 마지막 부위까지 끝내 갈라냈다. 그러나 새가 놓인 접시는 한 치의 들림도 없었다. 이에 시비왕은 꺼져 들어가는 의식을 가까스로 붙잡으며 마지막 안간힘을 다하여 자신의 전신을 저울의 접시 위로 내던졌다. 그제야 드디어 저울은 서서히 움직이더니 수평을 이루었다.

순간, 천지가 진동하고 벼락이 내려치더니 대갈매가 홀연 사라져 버렸다. 그리고 어디선가 수금과 비파의 고운 선율이 울려 퍼지는 가운데 어느새 시비왕은 정결하고 유덕한 자태로 결가부좌를 튼 채 앉아 있었다. 조금 전 그가 온몸을 던졌던 저울의 접시는 한 송이 탐스러운 연꽃으로 화하여 점점 공중으로 떠올랐다.

"자비롭도다, 시비왕이여. 내 그대의 고행을 일찍부터 보아온즉 수행의 깊이를 시험코자 대갈매를 보낸 것이니, 이제 그대의 성불(成佛)을 받아들이노라."

광야를 울리는 하늘의 목소리에 왕의 무리들이 오체투지하여 머리를 조아렸다.

따르릉, 하고 자전거 링이 울리자 당신은 눈을 뜨며 자리에서 벌떡 일어났다. 릭샤 위였다. 깜빡 졸았던 것이다. 이제껏 주변에서 놀던 푸른 새 한 마리가 놀랐는지 포르릉, 거리며 들판으로 날아올랐다. 여전히 꿈자리가 생생해서 당신은 멍한 표정을 지으며 자리에 앉았다. 릭샤꾼이 살짝 웃으며 안장에 올라타서는 페달을 밟기 시작했다.

시계를 보니 십 분이 채 안 되는 시간이었다. 다시 서서히 뒤로 밀려나는 풍경을 바라보다가 당신은 심장박동이 서서히 빨라짐을 느꼈다. 꿈을 골똘히 생각하다 보니 머릿속에 한 생명의 무게에 대한 글감이 떠오르기 시작한 것이다. 그러나 그것은 아직 손에 잡힐 듯 말 듯 가볍고 희미한 몇 가닥의 실오리에 불과했다.

드디어 여섯시가 되었을 때, 당신은 비행기를 탈 수 없어도 어쩔 수 없다는 생각을 했다. 네팔의 비행기 탑승 시간이 아무리 고무줄 같아도 너무 늦은 것 같았다. 이런 사정을 아는지 모르는지 릭샤꾼은 태평하게 페달을 밟았다. 그런데 마침 저편에서 오토바이 한 대가 먼지를 일으키며 달려오더니 릭샤 앞에 멈춰 섰다. 오토바이 운전자는 네팔 인치고 드물게 와이셔츠에 넥타이를 매고 가죽점퍼를 입은 중년의 사내였다. 릭샤꾼은 당신의 짐을 끌어내리며 빨리 옮겨 타라고 재촉했다.

“제가 공항까지 빠르게 안내하겠습니다. 어서 타세요.”

중년의 사내는 정확한 영어 발음으로 또박또박 말했다. 당신은 영문도 모른 채 가방을 메고 오토바이 뒷좌석에 올라앉았다. 오토바이는 바람을 가르며 엄청난 속도로 달렸다. 머리카락이 일제히 허공에서 일어났다. 마침 기다렸다는 듯이 당신의 머릿속에서 써야 할 원고의 내용이 폭주하며 아웃라인의 얼개가 엮어지고 있었다. 당신은 당신도 모르게 환호성을 질렀다. ‘Out of Lumbini’라는 철제 표지판이 순식간에 나타났다 뒤로 사라졌다.

오토바이에서 내린 중년의 사내는 당신을 비행장으로 데리고 들어가 보딩 패스를 건네줬다. 그리고 아직 시간이 남았으니 걱정하지 말라는 위로와 함께 수하물을 수속하도록 도와줬다. 아까는 경황이 없어서 미처 발견하지 못했으나 그의 가죽점퍼 한쪽 가슴에는 공항 매니저임을 알리는 명찰이 붙어 있었다.

신기하게도 걱정하던 카트만두행 비행기와 불안하던 원고 문제가 동시에 해결되는 찰나였다. 매니저의 말대로 여섯시가 훌쩍 넘었지만 보딩 시간은 지연되고 있었다. 당신은 매니저와 청사 구석에 있는 흡연실로 가서 행복하게 담배를 나눠 피웠다. 매니저도 오늘 마지막 일을 끝냈는지 흡족한 표정으로 연기를 뿜어냈다. 당신은 궁금하던 것을 물었다.

“그런데 어떻게 알고 오토바이를 몰고 왔어요?”

"아, 그거요? 미스터 남이 전화로 부탁을 했어요."

"정말이요? 그분을 아세요?"

"알고 지낸 지 오래됐죠. 사원의 신도 한 분이 여섯시 비행기를 타야 하는데 릭샤가 늦을지도 모르니 큰길까지 나와 달라고 부탁하더군요. 한국 사원의 스님들 출국하실 때 모시러 가기도 합니다."

"아, 그랬군요! 고맙습니다."

얼굴에 주름을 잡으며 푸근하게 웃는 남 선생의 모습이 떠올랐다. 매니저는 듣기 좋은 부드러운 발음으로 당신에게 물었다.

"룸비니에서 생활은 어땠습니까? 즐거웠나요?"

"네, 대체적으로 즐거웠어요. 닐가이를 찾으러 다녔는데 못 봤어요."

매니저는 고개를 약간 갸우뚱하며 연기를 내뿜더니 클클 웃었다. 당신도 따라 웃다가 문득 물었다.

"그런데 도대체 닐가이가 어떻게 생겼어요?"

"얼굴은 말과 비슷한데 몸은 소처럼 생겼죠."

"네? 소처럼 생겼다고요! 새 아니었어요?"

당신은 스스로 이마를 한 대 치며 어이없는 웃음을 터뜨렸다. 그때까지만 해도 당신은 닐가이가 조류인 줄로만 착각했던 것이다. 따져보니 왜 그런 착각을 했는지 아무런 이유가 없었다.

"푸른 황소라고도 부르는데, 다리가 가늘고 몸통이 커요. 수컷은 어두운 갈색 털에 뿔이 달렸고. 힌두교 신자들은 소 다음으로 신성하게 여깁니다. 여기서는 마음만 먹으면 어렵지 않게 볼 수 있을 텐데……."

"아, 이럴 수가!"

당신은 스스로 이마를 한 대 더 때렸다. 한 번도 닐가이의 생김새에 궁금증을 갖지 않은 스스로가 바보스러웠다.

"걱정하지 말아요. 혹시 이거 알아요? 내려오는 이야기인데 닐가이는 자기를 찾는 사람의 마음을 다 알고 있답니다. 그리고 남몰래 도움을 주지요. 어쩌면 닐가이인지 몰랐을 뿐이지 닐가이를 봤을 수도 있고."

매니저의 차분한 말투에 당신은 위로를 받았다. 기분을 유쾌하게 바꿔놓는 얘기였다. 스피커에서 부다 에어라인(Buddha Airline)의 보딩이 시작됐다는 방송이 흘러나왔다. 흡연실에서 나와 당신은 매니저와 악수를 했다. 그리고 보딩 패스 줄에 서서 게이트로 들어가다가 당신은 뒤를 돌아보았다. 매니저의 모습은 보이지 않았다.

비행장 안에 들어가서도 다른 승객들과 한참을 기다려야만 했다. 15인승 경비행기가 저만치 보였지만 탑승 허락은 좀처럼 떨어지지 않았다. 당신은 공항으로 오던 길에 떠올랐던 글감을 얼개에 맞춰 다이어리에 정신없이 적어나갔다.

마침내 허락이 내려지자 당신은 활주로를 가로질러 걸어가 탑승 계단을 올라갔다. 그리고 세 명이 나란히 앉는 비행기 맨 뒷좌석의 창가에 앉았다. 이륙이 시작되자 카트만두까지 사십 분이 걸린다는 안내방송이 나왔다. 시계를 본 순간 당신은 갑작스레 터져 나오는 웃음을 참을 수가 없었다. 디지털 숫자는 정각 여섯시였다. 창밖을 내다보자,

'고 녀석 시계 한번 참 용하네!'

했던 남 선생의 말이 떠오름과 동시에 주홍빛 노을이 번지는 룸비니의 들판 위로 닐가이의 환영이 보였다.

체험과 성찰을 통한 자아완성의 길

「아웃 오브 룸비니」의 창작 배경

1. 이 소설의 창작 배경, 동기

대학교 2학년 때, 〈중국문화사상서설〉이라는 중문과 수업을 들은 적이 있다. 창작을 하려면 인접학과의 강좌를 두루 수강하는 게 좋다는 인식이 퍼져있었지만, 실제로 타과의 수업을 듣는 일은 적잖은 용기가 필요했다. 일주일이 지나자 함께 등록한 친구들이 수강취소를 하며 우르르 떨어져나갔다. 중국고대문화의 발상과 왕조별 특징을 짚어나가는 수업은 지루했지만, 항상 맨 앞줄에 앉아서 강의를 들었다.

그러던 어느 날, 교재에서 둔황 석굴의 '할육무합(割肉貿鴿)' 고사(故事)를 그린 낡은 불화(佛畵)를 접했을 때 눈이 번쩍 뜨였다. 부처의 전생인 시비왕(尸毗王)이 고행 중 품 속으로 날아든 비둘기를 살리기 위해 굶주린 매에게 자신의 몸을 내어주는 설화였다. 교재에 실린 네 줄 가량의 짧은 설명에 형광펜을 그으며 언젠가 반드시 이 내용을 소설로 쓰리라 다짐했다. 그러나 10년이 흐르는 동안 방법을 찾지 못하고, 그저 품에서 매만지거나 술자리에서 얘깃거리로 삼을 수밖에 없었다.

등단 7년이 지나고 네팔 여행을 갔을 때, 나는 네팔과 관련된 그 어떤 소설을 쓰게 되리라 기대하지 않았다. 그러나 히말라야의 설산준봉, 폭설로 운항이 마비된 루클라 공항, 석가가 태어난 룸비니의 평원을 본 순간 예기치 않은 이야기들이 달려들었다. 특히 룸비니는 부처가 태어났을 당시의 환경과 궁핍이 고스란히 보존된 지역이었다. 그곳의 많은 주민들은 TV와 세탁기, 냉장고, 컴퓨터, 휴대전화 등이 없었다. 큰 상점이나 사원을 제외하고는 전기가 들어오지 않는 작은 흙집에서 농사를 지으며 살고 있었다. 내가 묵던 대성 석가사(釋迦寺)에서는 날이 저물면 맹수들이 울부짖는 소리가 크게 들렸다.

아침 공양을 받고 나면 주변에 세워진 각 나라 고유의 사원을 방문하고 시골 마을을 하릴없이 걸어 다녔다. 룸비니의 공기를 마시고 풍광을 눈에 담고 주민들과 몇 마디를 나누는 동안 놀랍게도 10년 전 대학 강의실에서 품었던 씨앗이 움을 틔우고 뿌리를 내리고 줄기를 세우고 가지를 뻗기 시작했다. 마치 고속 촬영된 영상물처럼 그 씨앗은 삽시간에 몸을 부풀리며 형태를 갖추었다. 실제로 룸비니를 떠나기 직전 공항에서 단편의 아우트라인이 머릿속에 순식간에 그려졌다. 나는 그것을 '공간이 주는 특별한 힘'이라 부른다.

돌아와서 나는 세 곳의 풍경 사진을 책상 앞에 핀으로 고정시키고 세 편의 단편소설(Nepal Trilogy)을 어렵지 않게 완성했다. 그리고 그해 하반기에 세 편을 차례차례 발표했다. 에베레스트 트래킹 동기와 과정을 그린「고산병 입문」, 쿰부 히말라야에서 비행기 이륙이 지연되면서 겪은 일을 다룬「루클라 공항」, 설산을 내려와 룸비니에서 보낸 나날을 묘사한「아웃 오브 룸비니」는 여행 경로를 따라서 일어난 사건을 순차적으로 그려낸 것이다.

2. 이 소설을 통해 말하고자 하는 것

네팔은 '세계의 등뼈'라 일컫는 히말라야와 석가의 탄생지인 룸비니가 위치한 영토로서 설산과 불교에 경도된 각국의 트래커와 순례자들의 집결지로 알려졌다. 소설 속 삼십대 초반의 한국 남성 화자는 이 공간에서 이질적인 문화와 행태를 경험하지만 결국 이를 통해 개인의 사유와 자각을 확장하게 된다.

또한「아웃 오브 룸비니」를 포함한 세편의 단편 소설에서 구현된 '네팔'은 서구의 경제적 관점에서 논의되는 저개발 아시아 낙후국가가 아니다. 두 발이 있는 모든 이에게는 절대평등한 자연의 공간이자 진리를 찾아 헤매는 순례의 영토임이 오히려 합당하다. 따라서 동양인과 서양인 간의 힘의 서열과 선입견이 무화되는 장소이며 자각을 유도하는 지점이라 할 수 있다.

이런 자각은 작중 주인공의 체험을 통해 구체화된다. 공항으로 가는 도중 릭샤 위에서 잠시 졸음에 빠진 주인공은 꿈속에서 '할육무합' 고사를 체험하고는 '생명의 무게'에 대해 자각하는 계기를 마련한다. 소설 초반 룸비니로 들어가기 전에 제시된 질문은 룸비니의 나날 중에 무르익고, 룸비니를 떠나면서 해제되는 과정을 거친다. 이 여로에서 만나는 릭샤꾼, 남 선생, 매니저 등의 인물들은 다양한 행태로 주인공이 자각에 이르도록 돕는 안내자 역할을 한다. 주인공은 홀로 밀실에서 조용히 자각하는 것이 아니라 관계를 맺고 갈등하고 움직이며 한 단계 나은 지점으로 이동한다.

남 선생의 방에서 접한 '할육무합' 고사는 주인공이 내면에 품은 고민을 해결하는 주요 장치로 작용한다. 일종의 꿈을 통한 우회적 깨달음인데, 동양인으로서 자연스럽게 체득된 불가의 사상이 무의식적 작품 전개의 추동력을 형성하는 셈이다. 그러므로 '아웃 오브 룸비니'를 관통하는 주제의식을 거칠게 요약하면, 체험과 성찰을 통한 내부의 자아완성 추구라 할 수 있다.

이를 위해서 반드시 네팔로 가야만 하는 것은 아니다. 우리에게 주어진 낯설고 불편한 환경과 관계를 맺는 많은 사람들이 바로 자각을 돕는 재료이자 안내자가 아닐까. 룸비니는 이런 메시지를 효과적으로 보여주는 무대에 불과하다.

3. 이 소설을 위한 특별한 작법

'네팔 삼부작'의 마지막 작품인 「아웃 오브 룸비니(Out of Lumbini)」는 부처가 태어난 룸비니를 주요 배경으로 한다. '룸비니 가는 길',

'룸비니에서의 나날' 그리고 '룸비를 떠나며'와 같이 세 챕터로 이루어져 있다. 다시 말해, 소설의 구성 자체가 '룸비니'라는 공간의 입사와 출사 형식이며, 룸비니에서는 입몽(入夢)과 각몽(覺夢)을 삽입한 이중 구조로 되어 있다. 또한 소설 서두의 질문과 결말의 해답이 수미상관을 이루고 있다.

동양기담의 전통방식 중 하나인 환몽구조(幻夢構造)를 작품에 적용했는데, 과학적이고 합리적인 서구의 시각에서 보면 눈앞의 난제를 꿈을 통해 해결한다는 발상은 이해하기 어려운 요소로 간주될지도 모른다. 그러나 중국 명대의 『전등신화(剪燈新話)』를 비롯한 동양 고전에서 현실의 불만족적인 욕망, 해결 불가능한 의문 등을 꿈을 통해 우회적으로 해소하는 방법은 오랜 역사를 갖고 있다.

그리고 낯선 장소와 상황에서 감각되는 비선형적 시간을 도입하였다. 서구 유학 경험이 있고 시간의 엄격성을 중요시하는 주인공은 정확한 일처리를 위해 남들보다 시계의 분침이 십분 빠른 삶을 살았다. 그러나 비열한 릭샤꾼, '라마시사이니'의 애걸에 못 이겨 애지중지하던 시계를 주고, 무려 한 시간 사십분이나 느린 싸구려 전자시계와 교환하게 된다.

자신의 손목시계가 세계관의 기준이었던 주인공은 결말에서 '룸비니'라는 공간의 시간이 서구적 시간과 같지 않음을 자각하게 된다. 백분을 느리게 설정한 이유는 십분 빠른 분침과 대조를 이룬 설정으로 깨달음의 행태가 항상 일정 분량의 여백을 두고 찾아온다는 점을 암시한 것이다. 이는 논리적 과정을 밟아 순차적인 결론을 얻는 합리적 방식은 아니지만 일순간 각성의 세계로 뛰어드는 불교적 자각에서 힌트를 얻은 것이다.

4. 이 소설로 얻은 것

우선 외부적으로는 「고산병 입문」, 「루클라 공항」에 이어 「아웃 오브 룸비니」 집필로 '네팔 삼부작'을 완성했다는 점이 크다. 『현대문학』 2008년 1월호에 발표되어 황순원 문학상 예심, 한국문화예술위원회 분기별 우수 단편에 선정되었고, '네팔 삼부작'으로 경기문화재단 우수창작지원금을 수혜했으며 이 단편들이 포함된 소설집 『젤리피쉬』(2009)가 한무숙문학상을 수상한 일로 확장됐다. 2012년 미국 아이오와 창작 레지던시(IWP)에 참석할 때, 한국문학번역원이 통상 단편 1편을 영어로 번역해준 것과 달리 '네팔 삼부작' 세 편을 전부 번역해준 점도 빼놓을 수 없는 수확이다.

무엇보다 가장 큰 결실은 '국외 공간 서사'의 가능성을 나름대로 확인한 일이다. 소설 공간에 대한 의식이 전에 비해 확장되고 심화되었다. 「아웃 오브 룸비니」에는 '릭샤', '버스', '오토바이' 등 현지 이동 공간이 등장하는데, 이는 이 단편에서 점차 발전하여 이후 장편소설에서 이동 공간을 효과적으로 활용하는 계기를 부여했다. 소재주의에 기반한 여행 소설의 한계를 극복하고, 해외 공간을 통해 '지금 이곳'의 문제를 어떻게 조명할 것인지에 대한 본격적인 고민이 시작된 셈이다.

또한 소설에서 절대 시간을 해체하고 환상 시간을 도입하는 문을 열어줬다. 텍스트는 이야기 소(素)와 이를 배열하는 수순에서 무한한 경우의 수로 조합되므로 소설의 플롯에서는 동일 사건일지라도 시간의 감각적 배분과 조합이 서사의 흥미와 미학 구조의 변수로 작동한다. 다시 말해서 시간과 상황의 관계는 이야기 전개의 단절과 지연, 비약의 효과를 제시한다. 이후 소설의 시간을 직선적 시간에서 대각선적 시간으로 전환하여 인식하게 되는데, 그 시작점이 되었다.

한 가지 덧붙이자면, 전보다 불교 경전을 더 자주 깊이 읽게 되었다.

5. 이 소설의 속편을 쓰려고 생각해 보다

근래에 완성된 장편소설 『탑의 시간』은 시간적 측면에서 이 소설의 연속적 성격을 강하게 내포하고 있다. 역시 불교 국가인 미얀마가 배경이고 세계 3대 불교 유적지인 '바간(bagan)'은 천년이 넘도록 수도(首都) 역할을 했던 역사적 공간이다. 이와 같은 영속적 장소들은 인간성(humanity)에 대해 이야기하기에 적합하고 영겁의 시간 동안 지속되며 특정 문화보다 오래 간다.[1]

따라서 이런 고대 도시의 풍물은 사랑의 내밀함과 영속성을 다루기에 매우 적합하다. 미다스 왕의 이발사가 왕의 큰 귀에 대한 발

1 Tuan, Yi-Fu, 구동회 외 역, 『공간과 장소(Space and Place)』, 대윤, 2007, 264~265쪽. 참고.

설의 욕구를 참지 못해 인적 없는 '갈대밭'에 찾아갔듯, 내밀한 기억의 소유자들에겐 언어가 낯설고 자신을 알지 못하는 '제3의 해제 공간'이 요구되는 것이다.

「아웃 오브 룸비니」 이후 확장된 공간 의식은 첫 장편 『눈의 경전』에서 심화된다. 「아웃 오브 룸비니」가 이국 공간의 타자를 통해서 '나'를 발견하는 인식적 변모에 초점을 뒀다면, 『눈의 경전』은 북반구(히말라야)와 남반구(시드니)를 가로지르는 수평적 공간 확장과 에베레스트를 높이 오를수록 관계의 내면을 깊이 성찰하는 수직적 운동성의 교직으로 스토리를 구성했다. 장편 『탑의 시간』에서는 이렇게 확장된 공간 안에서 기존에 사유하던 '관계 의식'을 더욱 견고화했다.

시간 설정에 있어서도 변화와 발전이 일어났다. 이전 작품들의 환상시간은 주로 소극적인 '꿈'의 형태로 나타난다. 첫 책인 『캥거루가 있는 사막』에 수록된 8편 중에서는 「출악어기」의 결말 부분에 환상 장면이 잠깐 등장한다. 두 번째 소설집 『젤리피쉬』에 수록된 7편 중 「고산병 입문」의 결말 부분에 단편적으로 나타난 환상시간은 「아웃 오브 룸비니」에서 '할육무합(割肉貿鴿)' 고사(故事)의 체험 형태로 절정 부분에 도입된다. 이후 『눈의 경전』에서 역시 절정 장면에 상당 분량 배치된 '비선형적 시간'은 『탑의 시간』에 이르러 전면적으로 도입된다.

이렇듯 한 작품에서 추구한 주제의식과 창작기술은 다음 작품에 변화 발전된 형태로 확장되거나 심화된다. 효과가 작은 것은 다음 작업에서 극소화되고 효과가 큰 것은 그 기능과 적용 범위가 극대화된다. 이번에 큰 성과를 내지 못하더라도 다음 작업을 위해 중요한 가치를 지닌다. 작가는 다름 아닌 자신이 궁극적으로 쓰고 싶은 소설 한편을 쓸 때까지 계속해서 써야 하는 숙제를 받은 사람이다. 따라서 속편에 대한 논의는 계속 속개된다.